余りモノ異世界人の自由生活

勇者じゃないので勝手にやらせてもらいます

5

[著]藤森フクロウ
Fuzimori Fukurou

[イラスト]万冬しま

ヴィクトル
トラッドラ国の第四王子。
見聞を広げるために
ティンパインに
留学している。
レニ
神子であるシンの
護衛として
同じ学校に通う少女。
魔法の才能から
注目を集める。
シン（相良《さがら》真一《しんいち》）
元ブラック企業戦士の
異世界転移者。
スローライフに憧れているが、
困った系の人達によく懐かれる。

主な登場人物
Main Character
シフルト
代々王宮魔術師を
輩出する名家の子息。
何かとレニとシンに
ちょっかいを出してくる。
ビャクヤ
カミーユの友人の狐獣人。
策略家なところもあるが、
身内には面倒見が良い。
カミーユ
テイラン王国の侯爵子息。
見た目に反してポンコツ。
やけに古風な言葉遣いをする。

プロローグ

ある日、社畜が異世界転移を果たした。

テイラン王国という大変性根《しょうね》の腐ったお国が、戦力にするために異世界から勇者を召喚した際に、巻き込まれたのだ。

しかしその社畜は、テイラン王国の望む能力を持っていなかったので、すぐさま城を叩き出された。

社畜の名前は相良真一《さがらしんいち》。彼はシンと名を改め、異世界生活を始める。

体は縮み少年の姿になったが、女神フォルミアルカから貰った『ギフト』や『加護《かご》』のおかげでなんとかこの世界に馴染《なじ》んだ彼は、テイラン王国を脱出し、隣《となり》のティンパイン王国に逃げた。

そして山間のタニキ村という場所に腰を落ち着けたシンは、社畜時代からの念願であったスローライフを手に入れたのだった。

彼はそこで畑を耕したり狩りをしたり、村に蟄居《ちっきょ》させられていたお騒《さわ》がせ王子ティルレインの世話をしたりと、慎《つつ》ましい生活を送っていた。

しかし、王都エルビアの神殿を訪れた際に、シンが『加護持ち』であることが発覚する。

そしてティンパイン公式神子《みこ》になった彼は今、社会勉強も兼ねて、身分を隠しながら王都のティンパイン国立学園で学生生活を送っている。

望むは埋没地味ライフ。

これはマイペースに我を貫く、とある異世界人のお話である。

第一章　平穏脅かす白マンドレイク、ときどき狐

騎獣《じゅうきよう》用おやつを窃盗《せっとう》し食中毒事件を起こした問題児――タバサ・スパロウが去り、学園にはすっかり平和な生活が戻っていた。タバサは彼女なりに反省したらしく、実家に帰ったようだが、シンにとってはどうでもよかった。

とはいえ、彼女があのまま学園に居続けても、針《はり》の筵《むしろ》だっただろうし、妥当な判断だ。

その日、シンはいつも通り、校舎から少し離れた温室で植物の世話をしていた。

見回すと、畑の一画に、見慣れないけれどどこか見覚えのある、妙な葉っぱが生えているのが目に入った。

シンの記憶では、その畝《うね》は肥料と混ぜたばかりで、休ませているはずだった。新しい苗《なえ》はまだ小さいので、植えられるようになるまでは十日はかかる。

いったい何が生えているのかと確認すると、そこにあったのは大根だった。

シンの足より太いだろう。蕪《かぶ》を思わせるほどでっぷりとしている。さすがに聖護院大根《せいごいんだいこん》には劣るものの、それでも立派な、太々とした大根だ。

誰が植えたかは知らないが、シンはとりあえずむんずと掴《つか》む。

無言で引き抜くと、そこには心なしか悩《なや》ましげな表情の、セクシーポーズ大根があった。

「せくしー……」

シンは思わず、呆然《ぼうぜん》として呟《つぶや》いた。それ以外にどう評すればいいかわからない。

大根の枝分かれした部分が、胸と股間を隠すようなポージング。足はくねらせるようになっている。紛《まご》う方もなきセクシーポーズだった。

形はちょっと奇抜だが、つるりとした白い肌は美味《おい》しそうである。

さっそくシンの頭の中には、大根の味噌田楽《みそでんがく》、風呂吹《ふろふ》き大根、おでん、煮物……と、大根料理が溢《あふ》れ出《で》てきた。

シンプルにバター醤油《しょうゆ》で焼いても美味しかったりする。

この世界には異世界人が多く渡っているせいか、シンは以前、醤油に近いものを見かけたことがある。

タニキ村は辺鄙《へんぴ》な山村なのでなかったが、魚醤《ぎょしょう》ならば、栄えている王都エルビアでは普通に取り扱いがあるのだ。

シンは土の上に大根を置いて、女神に貰ったスマホでレシピを検索する。

（肉もいいけど、たまにはあっさりもいいよなー。寮母さんに差し入れたら、夕飯が豪勢《ごうせい》になるかな。いや、まずは自分で調理してみて……）

ふと、後ろで音がして振り向くと、引き抜いた大根が「よっこらせ」とばかりに立ち上がって、引き抜かれた穴の中に戻っていくところだった。

大根はまるで風呂につかるようにすっぽり穴に入る。心なしか満足げに見えた。

シンはそっとスマホを向けて、そのセクシー大根（歩行能力付き）を調べた。

――白《しろ》マンドレイク
良質な土壌《どじょう》と水、そしてストレスのない環境でのみ育成可能。無毒で、引き抜いても叫《さけ》ばない。

錬金術、魔法薬調合などに幅広く用いられる。大変美味。

環境が変わると変色し、引き抜くと通常のマンドレイクのように絶叫《ぜっきょう》するようになる。

解説を読んだシンは、その中のある一点に目が行っていた。

それは〝美味〟というところだ。しかも〝大変美味〟とある。

シンは容赦《ようしゃ》なく白マンドレイクを引き抜いて、寮に持って帰り、肉と炒めて食べた。

とても美味しかった。


……その翌日。シンが再び温室に向かうと、引き抜いた場所に、新たなマンドレイクが寛《くつろ》いでいた。

自立歩行しているところは見ていたが、増殖するのは知らなかった。

昨日抜いたものより、小ぶりのマンドレイクだ。よく見ると、シンが食べたマンドレイクのように真っ白ではなく、オレンジがかった赤であり、どちらかと言えば人参に似ている。

その日は同学年の友人のレニとカミーユも来ていた。

二人は、突如現れた大根っぽいマンドレイクに目を丸くしている。

「マンドレイクは普通、もっとこう……くすんだというか……」

レニの言葉に、シンが頷《うなず》く。

授業で見たマンドレイクは、干からびた老人に似た顔をしていた。

確かにこの白マンドレイクもその面影《おもかげ》があるが、こんなに血色良く（白いが）、ツヤプリしていない。

「白マンドレイクなんだって。環境で色が変わるらしい」

「美味そうでござる……」

やはり、カミーユの目にも美味しそうな野菜に見えるようだ。シンの反応は間違っていなかった。

「食べたら美味かった。今度、錬金術部で調理しよう」

「楽しみですね！」

「大根ということは、ご飯モノでござるなー！」

腹に溜まると大喜びのカミーユ。相変わらず、食欲に財布が追い付いていないようだった。

一方マンドレイクは、今日の陽気が堪《たま》らないぜと言わんばかりに、のびのびしている。

目の前に、笑顔で自分を調理しようと話し合っている人間がいるのに、呑気《のんき》なものである。

「でも、このマンドレイク誰が植えたんですか？」

ふと、レニが疑問を呟いた。

「なんか、どっかから移動してきたっぽい」

「マンドレイクは移動するのでござるか？」

「試しに一本抜いてみなよ。穴に戻るよ」

シンの言葉に、釈然としない様子のカミーユが、畝の中でもでっぷりとしたのを引き抜いた。

ゴロンと畝の横に転がされると、マンドレイクはしばらく仰向《あおむ》けでじたばたして――あまりにも丸いフォルムのため、なかなか起き上がれずにもがく。

なんとかうつぶせになったが、このマンドレイクは、太い割に手足が貧相だった。

立ち上がってはゴロン、歩こうとしては後ろにひっくり返り、えっちらおっちらと覚束《おぼつか》ない足取りで畝に戻ろうとする。

だが、当然畝は周囲より高く土が盛られている。その勾配でまたひっくり返り、何度も転び、やがて通路に転がって戻ってしまった。

転がったマンドレイクは自分の涙でしとどに濡れる。

真っ白ぷくぷくだった表面は張りがなくなり、しおしおになっていく。顔も嘆《なげ》きの表情が刻まれるように恨みがましいものへと変化していった。

真っ白だった体は徐々に　赤みを帯びはじめる。葉の部分も縮れてくすんだ緑になり、だんだんと教材でよく見るマンドレイクに近づいていく。

『Ｇｉ……』

「あ、叫ばないで。迷惑だから」

絶叫する直前でシンがマンドレイクを掴み、元の穴に突っ込む。

土に戻されたマンドレイクは、先ほどの逆再生のように白くぷくぷく艶々《つやつや》に変わっていった。

「動いたでござる……」

「動きましたね……」

カミーユとレニはドン引きだった。

彼らが思っていたより、滅茶苦茶《めちゃくちゃ》ぬるぬる動いていたのだ。

「昨日食べたのは寮に戻っても白いまんまだったのにな。なんか条件があるのか？」

シンは既に昨日見ていたので、あまり驚かなかった。トレントという、もっとアグレッシブに動く植物系の魔物を知っているのも大きかったかもしれない。

おかげで、多少ファンタジーな要素には慣れつつある。

色々調べたところ、白マンドレイクにはストレスを感じやすい個体と、感じにくい個体があるみたいだった。

また、消耗を防ぐためか、土の気配がないと、仮死状態のように静かになる。そのせいか、土の近くにいるのに、土に潜れない状況にストレスを感じるみたいだった。

「でもこのマンドレイクはどこから来たのでござるか？」

「二人も植えてないんだよね？」

シンの疑問に、レニが頷く。

「はい、そもそも危険な植物なので、栽培にも本来なら許可が……」

誰かが勝手に植えたのだろうか。最近耕したばかりだし、植え替えはしやすいはずだ。

シンがそんなことを考えていた時、ハーブの密集地の茂みから、ガサゴソと物音が聞こえた。そちらに三人が顔を向けると――

よた、よた、と、かなりくたびれた足取りのマンドレイクが歩いてきた。

そしてまだ空いている畝を見つけると、ダッシュで駆け寄って、ダイナミック入水ならぬ入土を果たした。

三人に凝視《ぎょうし》されながらも、マンドレイクは止まらない。ドゥルンドゥルンと身を捩って奇妙に回転しながら掘り進め、すっぽりと根（体？）を土の中に収めると、満足げに止まった。

それを見て、シンは思わず叫ぶ。

「あいつらが引っ越してきたのかよ⁉」

「どこの畑から来たんでしょうね……」

「早く探さないと、マンドレイクに畑を占領されそうでござるな……」

カミーユが口にした言葉を容易に想像できて、シンとレニは青ざめた。

一日でもフリーの畝があれば、強引にその身を捻《ね》じ込《こ》んできそうである。まだ奪われた畝は一つだが、他に何匹マンドレイクがいるかわからない。

それに、白いマンドレイクは叫ばないが、普通のマンドレイクは違う。引き抜くなどして刺激すると、凄《すさ》まじい叫び声を上げる。

気を失うくらいならまだいい方で、耳にした者を仮死状態にするレベルの絶叫をする個体もいる。

専攻している授業によっては、マンドレイクと気づかずに引き抜いてしまう生徒がいるかもしれないので、放置しておくのは危険だ。

「とりあえず、あっちから来たから、探してみよう」

シンたちがハーブの密集地の方へ行くと、生《お》い茂《しげ》る葉をかき分けて、また一匹ひょろっひょろのマンドレイクが現れた。

やはり先ほどのマンドレイク群生地（不法占拠）に向かいたいようだが、そのためにはいくつかの畝を越えなければならない。

そこまで行く元気がないのか、ひょろひょろの個体は、近くのエシャロットエリアに侵入し、収穫で土を掘り返した後の柔らかいところに滑り込んだ。

「……シン殿、これは放っておいたら」

「僕の温室がマンドレイクに占拠されるな」

「あ、このマンドレイク、通路に無理やり体を捻じ込みましたよ」

カミーユ、シン、レニ、三人揃って頭を抱えた。

このマンドレイク、顔は情けないくせに、かなりガッツがある。無駄《むだ》に個体差があるのか、予想に反して好き勝手にするものも多い。

ハーブをかき分けると、温室の壁に穴が開いているのを見つけた。どうやらマンドレイクたちはそこから侵入していたようだ。

外に回ってみると、芝生《しばふ》に点々と干からびたマンドレイクが転がっていた。どうやら、温室に辿《たど》り着《つ》く前に力尽きたようだ。

そのまま辿っていくと、鬱蒼《うっそう》とした林が見えた。

学園では、景観を良くするためや、プライバシーを守るために、灌木《かんぼく》など色々植物が植えられている。

人混みが苦手な生徒は休憩時間に足を運んだり、生徒によっては人が少ないのをいいことに、こうした場所を逢引《あいび》きに使っていたりする。

シンたちが林に入っていくと、袋が落ちていた。中には枯《か》れたマンドレイクが残っている。周囲にも飛び散っていた。多分だが、何者かに投げ捨てられたのだろう。

(マンドレイクの不法投棄?)

シンの表情が険《けわ》しくなる。

マンドレイクの中には、周囲の硬い土をなんとか掘って少しだけ体を埋めているものや、木の根の隙間の湿った落ち葉の上でぐったりしているものもいた。

だが、落ちているのはマンドレイクだけではない。何かの植物の枯れた残骸《ざんがい》や、腐った木の実などもある。

「これは……誰かがゴミ捨てをサボってここに捨てているんですね。普通の植物ならまだしも、マンドレイクをはじめ、特殊な植物は廃棄にも注意が必要ですから」

レニが袋の中を軽く確認しながら、なんとも言えない顔をした。

いくら名門校とはいえ、中には横着者《おうちゃくもの》がいてもおかしくない。

王侯貴族の子女は掃除や片付けを自分の仕事とは思わないだろうし、騎士や冒険者志望で荒っぽい生徒だっている。

「だよな、あの絶叫はやばい」

「これは学校に報告した方が良さそうでござるな？」

「だな、僕たちの手には負えない。かといって、放っておいたら被害者が出るかもしれないし」

カミーユに頷き、シンはその場を後にした。

◆

後日、学園の掲示板に『魔法植物の不適切な廃棄の禁止』という警告文が出た。

どうやら、魔法薬を作る素材をたくさん仕入れたのは良いが、管理しきれず腐らせたり余らせたりして適当に捨ててしまう生徒がいたらしい。

警告だけでなく、処分もあった。生徒が数名謹慎処分《きんしんしょぶん》となったそうだ。

その中に、入学当初から何かと絡《から》んでくる伯爵子息《はくしゃくしそく》シフルト・オウルの名前を見つけて、レニは凄《すご》く嫌そうな顔をしていた。

「そういえばカミーユ、スネイクバードはもういいの？　今なら僕は付き合えるけど」

シンは以前、カミーユに魔物討伐の協力を頼まれていたことを思い出して、そう切り出した。

すかさずレニも同行の意思を示す。

「シン君が行くなら、私も行きます」

「二人とも、頼むでござる！　まだ手に入ってないでござるー！」

「授業はまだやってないのか？」

「この前のタバサのテロで、色々延期になったでござる」

災《わざわ》い転じて福――になっているかは微妙だった。だいぶ復帰しているが、あの一件で醜態《しゅうたい》を晒して引《ひ》き籠《こも》り続けている生徒もいるそうだ。

カミーユは、討伐に同行する騎士科の友人を、温室に連れてくると約束した。

余程四人パーティで行く討伐が楽しみなようで、彼は既に浮き立っている。その様子がどこか散歩前の犬を連想させて微笑ましい。

隣のレニが「やはりもう少し厳しく躾《しつ》けた方が……」と言っているが、シンは気のせいだと思うことにした。

(目が……目がプロの調教師……)

大人しく引っ込み思案だったレニが懐《なつ》かしいシンだった。

◆

それから数日後、互いの都合が良い日取りを決めて、改めて顔合わせをすることになった。

場所は学校に併設されているカフェテリアだ。食堂ほどがっつりしたメニューはないが、軽食程度ならなんら問題はない。

シンはアイスコーヒーを、レニはオレンジジュースを頼んだ。カミーユはサンドイッチを注文していたが、飲み物は水だった。

最初は温室で落ち合う予定だったが、腹を空かせ切ったカミーユの要望があり、寄り道したのだった。

注文を終えたところで、カミーユがそれぞれに紹介する。

「某《それがし》の友、同じ騎士科のビャクヤでござる。こちらはシン殿とレニでござる」

「ご紹介にあずかりました、ビャクヤ・ナインテイルと申します」

カミーユに促され、目を糸のように細めてにっこりと笑うビャクヤ。

すっきりとした細面で、丸くぽってりとしたマロ眉と、切れ長な目元が特徴的だった。目元に戦《いくさ》化粧《げしょう》のように朱を差しているのが、更にそれを際立たせている。

前髪を分けて額《ひたい》で切り揃えているため、整った顔立ちがよくわかる。

前髪以外は後ろで丸く輪を作って結い上げた珍しい髪型。髪色も根元は少しオレンジ色がかった金髪だが、先端に行くにつれて真紅になっていく、変わった髪色をしていた。

背は高くないが、独特の存在感がある。

髪型も、メイクや顔立ちも、エキゾチックというか、この国では少し珍しい。その雰囲気《ふんいき》に、ピンと立つケモミミが霞《かす》むくらいである。

ビャクヤは握《にぎ》り拳《こぶし》を手の平に当てて、頭を下げた。

「シン様、レニ殿、よろしくお願いします」

その発言に、シンは引っ掛かりを覚える。

（僕が〝様〟で、レニは〝殿〟？）

「同級生だから様付けとか変だし、畏《かしこ》まらなくていいんだけど……」

頬を軽く掻きながら、歯切れ悪く言うと、ビャクヤは軽く眉を上げた。しかし、すぐにまた頭《こうべ》を垂《た》れて「ではそのように」と恭《うやうや》しく首肯《しゅこう》した。

まるで謁見でもしているような丁寧さである。カフェが混雑していなかったら、もっと仰々《ぎょうぎょう》しく挨拶されたかもしれない。

（そもそも、なんでそんなに畏まるんだ？）

そんな堅苦しくされたくない。思っていたのと違う——と、シンは突っ込みたかった。

そんな同級生の態度に、隣のカミーユも軽く面食らっていた。

「ビャクヤ、何かおかしなものでも拾い食いしたでござるか？　確かに仲良くしてほしいと言ったでござるが、いつものお前なら気に入らない人はゴミ屑《くず》のように見下——あだぁっ!?」

ビャクヤの肘鉄《ひじてつ》がカミーユに決まる。とはいえ、ほとんど言葉は出し終えていたから、止めるのが遅すぎた。

綺麗《きれい》に鳩尾《みぞおち》に入ったのか、カミーユはゲホゲホとむせまくる。

それとは対照的に、ニコニコとしているビャクヤ。

「何をするでござるかー!?」

「虫がいたのでついうっかり」

はんなりと笑うビャクヤは、男性だが細面でなよやかな雰囲気があり――ちょっと胡散臭《うさんくさ》い。

（そうだ、あれだ。ビャクヤは稲荷神社《いなりじんじゃ》なんかにある狐の石像に似ているんだ）

小骨のように引っかかっていたものが消えて、シンは一人満足する。

だが、隣ではレニが険しい顔をしていた。彼女はスッと立ち上がると、シンが止める間もなくビャクヤの腕を掴んで、カフェテリアの外に連れ出してしまった。

残ったカミーユは目を丸くし、シンもきょとんとしてしまう。


ビャクヤを連れ出したレニは、そのまま人気《ひとけ》のない場所まで移動する。そして正面からまっすぐビャクヤを見つめる。

彼女の目は静かだが、強い意思を雄弁に語っていた。

その強烈な視線をぶつけられても、ビャクヤはただ面白そうに笑うのみ。それがレニの神経を逆撫《さかな》でしているとわかっている。むしろ、あえてそうしているのだ。

「あれはなんのつもりですか？」

「あれとは？　ああ、あの挨拶か」

手の平と拳を合わせる挨拶は、かなり古い作法ではあるものの、国王、皇帝、王族、法王や教皇といったごく一部の、かなり身分の高い相手にしかしない挨拶とされている。

シンは大仰《おおぎょう》な挨拶としか感じていなかったが、レニは護衛兼付き人として宮廷作法や外交的なものも含め色々と学んでいるので、それを知っていた。

「シン様からは大いなる方《かた》のお力を感じたので、正しい対応をしたまでです。そう睨《にら》まないでいただきたい」

おお怖い――と、ビャクヤは手でそっと口元を隠すような仕草をする。しかし、その目はからかうかのように笑っている。

「これでも、私はテイランでも有数の巫覡《ふげき》の末裔《まつえい》です。害意はありません」

「好意があるとも限らないでしょう？　下心が見え透いていますよ」

「おや、なかなか痛いところをお突きになりますな」

軽く肩を竦《すく》めたビャクヤは、シンに狐顔と評された顔をにんまりと歪《ゆが》める。何か企《たくら》んでいそうで、狡猾《こうかつ》そうな笑みだ。

「お嬢ちゃん、安心しぃ？　テイランに告げ口せぇへんよ。俺もサナダ家とおんなじように、家ごと亡命してきた一派や。弱小でしかあらへんの。しかも、奉《たてまつ》る神と関わり合いのある気配がしたんで、丁重に対応しただけや」

取《と》り繕《つくろ》うのをやめたのか、ビャクヤの口調が変わった。

独特のイントネーションと言い回しだが、言いたいことは理解できた。

シンの前では畏まっていたが、このどこか斜に構えた態度が、本来のビャクヤなのだろう。

耳をぴくぴくと動かしながら、嗜虐性《しぎゃくせい》を感じる目でレニを見ている。

「お嬢ちゃん、威勢がええのも悪ないけど――相手は実力を見て選び？」

スッと瞬間的に距離を縮めたビャクヤは、レニの首を掴んだ。

レニは顔色を青くさせ、僅《わず》かに喉《のど》を鳴らす。全く対応できなかったのだ。そんな鼠《ねずみ》を追い込むように、舌なめずりしそうなビャクヤが顔を近づける。

「そうそう、オンナは大人しく三歩後ろを歩いと――ぎゃん!?」

突然、大きな音と衝撃が頭に走り、ビャクヤは激痛に悶《もだ》える。

「オイ、この狐野郎。レニを虐《いじ》めんな。胡桃林檎《くるみりんご》のクッキー食らわすぞ」

シンの鉄拳が容赦なくビャクヤの頭に落とされたのだ。カミーユの食らった肘鉄など軽いレベルに思えるげんこつだった。

ビャクヤはあまりの痛みに子犬のような声を漏らし、ふっさふさの尻尾がぶわっと広がって立ち上がった。

恐る恐る後ろを振り返ると「何しとんじゃワレ」と、怒りのオーラをまき散らしたシンがいた。

「こ、これはこれは、シン様ぁ～」

手揉みしてスリスリと言わんばかりに、猫撫で声を出すビャクヤだが、シンの目は凍《い》てついている。

「次やったら、髭剃《ひげそ》り用のカミソリで尻尾とその耳の毛を全部剃るからな」

「それは堪忍《かんにん》してや！　ちょいからこうただけやのに……」

「うるせえ、ペレペルプリンにしてやろうか」

ペレペルは食べると滅茶苦茶お腹を下すし、マーライオンのように吐く。良い子も悪い子もマネ

をしてはいけない。

すっかり耳も尻尾もしょげ返らせたビャクヤは、そろそろとレニの方を見る。

そして心なしか同情気味の視線を投げかけられた。

「シン君、結構根に持ちますよ？」

「だって、こいつ悪質だろ。マウントの取り方が性格悪い」

鉄は熱いうちに打てと言わんばかりに、シンがズバリと指摘した。

それを受け、ビャクヤはさらにビビり散らす。彼としてはシンを懐柔《かいじゅう》するために、近しいレニを支配下に置こうとした。ところが、懐柔するどころかシンの逆鱗《げきりん》に触れてしまったのだ。

「お二人は付きおうとるん？」

恐々とビャクヤが問う。

シンが随分《ずいぶん》レニを大切にしているようなので、思わず口からまろび出たのだ。

「「いや、別に」」

ナイナイと互いに手を振る。この手の掛け合いは何度もされている。

仲は良いとは思うが、シンとレニは互いに友情と親愛しか持ち合わせていなかった。

男女の泥沼はタニキ村での騒動《そうどう》でお腹いっぱいで、胃もたれは継続中である。

カフェの席に戻ると、カミーユがハムやチーズを挟んだカスクートに似たサンドイッチを食べていた。

シンは美味しそうにかぶりつくカミーユを見て、軽く眉を上げる。先ほど別のサンドイッチを食べていたので、追加注文したということだった。

シンは冷静に分析する。

カミーユはまた週末あたりに腹を空かせてぴーぴー泣くだろう。料理の腕が壊滅的で、放火一歩手前のフランベ職人の火加減であるカミーユに、自炊は期待できない。

彼にも節約しようとする気はあるが、生まれが貴族なこともあってか、金勘定全般が苦手だった。成長期という点を差し引いても、カミーユの燃費は良くないため、すぐに手持ちの金が底を突くだろう。

「話し合いは終わったでござるかー？」

問題児を紹介したというのに、カミーユは状況を全く呑み込めていない様子だ。

無表情のシンはともかく、すっきりとしたレニと、半泣きのビャクヤはスルーしている。

「とりあえず、要注意人物で、お前よりしっかり躾けた方がいいのはわかった」

シンがぴしゃりと言うと、隣で毛を逆立てた狐が一匹。

「ちょぉ、まっ！　待ちや、シンさ――」

ビャクヤが慌《あわ》てて叫んで手を伸ばすが、サクッとそれを避けたシンは、冷たく見返す。

それでもカミーユにスネイクバードの討伐と、素材採取を了承したからには、今回は手伝うつもりだった。

「シンでいいです。様とか、うすら寒い」

そびえ立つ心の壁を感じ取ったのか、真っ青になったビャクヤはがっくりと項垂《うなだ》れた。

「～～～～っ！　シン君で、ええ？」

「それなら可。次にレニ……あとカミーユにもなんかしたら、マジで怒るからな」

どんなスキルや称号を持っているかわからないビャクヤは、その性格もあって、シンの中の危険人物ナンバーワンに一気にのし上がった。

どうやらビャクヤはシンとお近づきになりたいが、それを強要するのは避けたいようだ。

(僕の持っている加護が関係しているのか？　神様の依怙贔屓《えこひいき》が付いているって聞くしな……)

ティンパイン王国の宰相《さいしょう》チェスターや、ティルレイン王子の付き人のルクスから、その手の話はちょいちょい聞いているが、実感は薄い。

シンの不利益になるようなことをすると、神罰が下るなどするらしいが、まだ彼の目の前ではそういう事態は起こっていはいない。

嵐が去ってからとか、遠回りに起きるのだ。

幸《さいわ》い、今のところシンに近い人の中に、酷《ひど》い大人は少ない。味方に権力者はちらほらいるが、シンの意思を尊重している。

「あ……お前、後でちょっと温室な。実家やテイランに余計な情報流したら、マジでチェスター様にチクるから。つーか、もう話が伝わっているかもしれないけど」

ビャクヤが権力に頼ろうとするなら、シンの方も権力で打って出るだけだ。

ホームはこちらにあるのだから、状況が不利なのはビャクヤの方だ。それを理解したのだろう、毛並みを膨《ふく》らませたビャクヤが食い下がってくる。

「そな殺生《せっしょう》な!? まだ出会ってそう経っとらんやん。そないなイケズなことせぇへんでも――」

縋《すが》るビャクヤの後ろで、事件が勃発《ぼっぱつ》した。

事件は会議室でも教室でもなく、現場で起きている――そんなフレーズがシンの頭をよぎる。

「何が〃アマリンだけ♡〃よぉ！ 人の友達引っかけておいて！」

バシイイン！ と、プロレスラーも真っ青な平手打ちが決まった。とても良い音である。そして、物凄く痛そうだ。事実、叩かれた男子生徒は見事に体勢を崩した。

ビャクヤの大声は、後ろで平手打ちされてぶっ飛ばされた男子生徒によって掻き消された。どうやら、彼の前にいる三人の女子生徒は、彼女＋浮気相手二人だったようだ。

修羅場《しゅらば》の気配に周囲は唖然《あぜん》としたり、ワクワクしたり、顔をしかめたりしている。

「出会って五分で私を脅《おど》そうとした口が何を言いますか」

「オンナを馬鹿《ばか》にしてんじゃないわよ、屑！ 貧乏貴族のくせに、うちの援助切られたらどうなるかわかってんの!?」

「人が贈ったプレゼント、横流ししてるとか、最低！ アンタのお姉さんにもチクってやりますわー！」

後ろの声と存在感が大きすぎて、ビャクヤとシンたちとの会話に殴り込み状態。

会話が玉突き事故されまくっている。

「だって一番押さえどころやろ、レニちゃんは」

「そういうドクズな開き直りは良くないでござるよ、ビャクヤ。その、すぐに当たり前のように人に喧嘩《けんか》を売る癖《くせ》はやめた方がいいでござる」

「カミーユ、なんでこれを僕たちに紹介しようとした？」

「ビャクヤは外面《そとづら》がいい奴でな。気にならない相手にはそつなく対応するのでござるが、どうやらシン殿とレニには興味を持ってしまったようでござる……」

肩を竦めるカミーユの声を、男子生徒に詰め寄る少女の声が上書きする。

「ああ腹立つ！　もう一発殴らせなさい！」

「口開けなさい、口！　馬術部から貰った騎獣用クッキーを食らわせて差し上げましてよおお！」

「ごちそうさまが！　聞こえない！　そーれイッキイッキ！」

後ろの地獄絵図を軽やかにスルーしながら、シンとレニは飲み物を啜《すす》り、カミーユは手についたソースを舐《な》めている。

男女の修羅場に他人が首を突っ込んで良いことなんてない。

地味に椅子がぶつかり、時々クッキーのカスが飛んでくるビャクヤは、複雑そうな顔だ。

「お三方、この修羅場の中でまだ話すつもりなん？」

「でも、この時間帯は混むから、他に空いている場所を探すのは大変ですし」

「なら温室行く？　少し早いけどその予定だったし」

シンがそう言ったのは、ビャクヤを助けるためではない。ただ、会話がしにくいし、傍《そば》にいて飛び火したら迷惑だからだ。

「ほな行きましょ！　そーしましょ！　会計は自分がしますんで！」

一刻も早くその場を離れたかったのか、ビャクヤは逃げるように立ち上がった。

その後ろ姿を見ながら、シンは思案顔だ。

「なんかアイツさ」

シンのぽつりとした呟きを拾ったのはレニだった。

「どうしたんですか？」

「小悪党臭がするから、グラスゴーに頭毟《むし》られなきゃいいんだが」

シンの愛馬、デュラハンギャロップのグラスゴーは、ご主人過激派で、敵意や悪意には非常に敏感である。

ティルレインやカミーユといった害のないお馬鹿や、好意的なお馬鹿には、割と鷹揚《おうよう》に接してくれる。軽くシバくというか、襲ってくるが、それはあくまでからかいレベルだ。

だが、ビャクヤに関してもそうかと言うと、ちょっと微妙だった。

人はそれをフラグと言う。

◆

とぼとぼと歩きながらも、ビャクヤの内心では、はらわたが煮えくり返っていた。

シンの想像通り、彼は全く反省していなかった。

（なんやねん、あの坊主《ぼうず》。大人しい思うとったら、えげつない性格しとるし……）

シンは黙っていれば大人しそうな童顔少年だ。

特に自分からは目立とうとせず――むしろ気配を殺し、周囲に同調しているタイプだと、ビャクヤは思っていた。

少し強めに押しながら周囲を巻き込めば転がせると踏んでいたのに、全く上手くいかない。

ビャクヤの家は代々巫覡を輩出《はいしゅつ》していた。神殿や教会とは少し毛色が違い、彼自身の血筋《ちすじ》には、異世界転移者の血が流れており、異世界転生者も多く生まれていた。

それゆえに神々からの加護を得る者は多く、テイラン王国の領土にありながらも、ビャクヤの故郷は独自の文化と風習を持っていた。

しかし、ここ数百年はその特異な血筋も薄くなり、異世界人の魂《たましい》を持つ者は生まれず、近くに現れることもなくなっている。

一方、テイラン王国は異世界召喚を乱発して勢力を強めていた。

実はビャクヤの故郷が異世界人と縁が薄くなったのは、これが原因でもある。

度重なる異世界召喚のせいで、『龍脈《りゅうみゃく》』という、地に埋まる世界のエネルギーの大きな流れが枯れてしまったのだ。

ビャクヤの故郷は強大な大地のエネルギーが集まる『霊穴《れいけつ》』と呼ばれる、いわゆるパワースポットなので、高次元能力者が現れやすかった。

異世界転生者や異世界転移者が現れやすいのも、そのエネルギーの強さゆえだ。

しかし、その流れから溜まるはずのエネルギーは、召喚魔法の儀式に乱用され、カスッカスになった。結果、ビャクヤの一族――ナインテイルの一族は、衰退《すいたい》の一途《いっと》を辿っている。

ビャクヤは狐人《きつねびと》と呼ばれる狐の獣人である。ナインテイルは、非常に強力な魔力を持っていたという、始祖たる狐人の尾の数に由来する。

しかし、最近は一族の短命化や能力の質の低迷があり、直系のビャクヤでも一尾しか持たない。存命の中では最も尾が多い曽祖父ですら、三本しか持っていない。

その彼とて、体は最盛期をとうに過ぎて骨と皮ばかりのミイラのようなご老体。ぱっと見は既に御仏《みほとけ》になっていそうな乾き具合だ。とても九尾《ナインテイル》の始祖に及ばない。

ビャクヤも一族では強い方だが、それでも一尾でしかない以上、天井は見えている。

〝力こそ全て〟のテイラン王国では、ナインテイル一族の発言権は失われつつあった。

ナインテイルは獣神や商売の神、自然にまつわる神などの加護を手広く信仰していたのも、一族が冷遇される理由の一つだ。日本の八百万信仰《やおよろずしんこう》に近いものだが、テイランでは異端である。

当然、現役の異世界者をたくさん保有し、戦神バロスのみを祀《まつ》っているテイラン王家とは折り合いが悪くなる。

バロスを唯一神のごとく崇《あが》めるテイラン王家とは徐々に不和が生じ、世代が交代するにつれてナインテイルの一族が弱体化すると、その待遇はさらに悪化していった。

（今はバロス神の力がガクッと下がっとる……俺らんとこが巻き返すには、加護持ちを家に迎えるしかあらへんのや。テイランの王侯貴族どもの鼻を明かしてやるんや！）

そんなことより今の生活を大事にしろと周りは言うが、ビャクヤにはナインテイル一族としてのプライドがあった。

ティンパインには強力な加護持ちがいると、占いが得意な巫女たちも口を揃えて言っていた。明確な背景や人相までは把握《はあく》できないが、有益な情報である。

ビャクヤは相手の称号やスキルを見抜く鑑定系の能力は持っていない。しかし、巫覡の家系なので、勘は鋭《するど》い方だ。

シンを見た瞬間、ピンとくるものがあった。

地味で埋没しそうな少年だが、態度ばかりでかくて中身はスッカラカンのボンボンたちとは違うナニカを感じたのだ。

だからビャクヤは、前哨戦《ぜんしょうせん》としてシンの傍にいるレニにマウントを取ろうとした。

レニは才女として学園でも有名だったし、従わせることができれば有利と踏んだ。教会と関わり合いがあると聞いたし、うまくすればティンパインにいる加護持ちの情報を得られるかもしれないとも思っていた。

なお、お気楽なカミーユは、社交的な面ではダメなので、純粋な戦力としての期待値から少しつるんでいただけだ。そんな海老《えび》で鯛《たい》を釣れたのは僥倖《ぎょうこう》と言えただろう。

しかし、あともう一息のところでしくじった。あんな地雷になるとは。

絡め手でじわじわ行こうと考えていたら、即行で悪行がバレて怒られた。

(なんやねん、アイツ！　かーちゃんか!?　仲良くしましょーってか？　ハッ、アホらしか！　世の中、蹴落とし合いや。利用し、利用される中で最も上前をはねた奴だけが人生を楽しめるんや！　これだから田舎《いなか》育ちの小僧はなってな――）

不意に視線を感じ、ビャクヤはそーっとそちらに視線をやる。

持ち前の勘の良さがビンビンに警報を鳴らしていたが、向かないともっとヤバい気がしたのだ。

むしゃくしゃした気持ちが一気にしぼみ、穴の開いた風船のようにぺちゃんこになっていく。

ぱちり、と黒い澄《す》んだ目と視線がかち合う。

シンが見ていた。

それも、ただ見ていたのではなく、呆《あき》れたような、僅かに怒っているような、どことなく冷え冷えとした、アンニュイともアルカイックスマイルとも言える微妙な表情である。

ただ、良くない方に転んだ気がした。

（ななな、なんやのあの坊主？　もしかして心読《しんどく》や心眼《しんがん》系のスキルでもあるん⁉）

やましいことを考えまくりだったビャクヤは、戦々恐々《せんせんきょうきょう》とした。

へらっと誤魔化《ごまか》しの笑みを浮かべるビャクヤに、ニコッと人畜無害そうな微笑みを返すシン。

目が合って微笑を交わすというだけだったら、和《なご》やかに感じるかもしれない。

しかし、ビャクヤの心臓はバックバクに暴れていたし、シンはずっとニコニコしているものの、心の壁が滅茶苦茶分厚く要塞のようになっている。

気まずすぎて、先に目をぱっと逸《そ》らしたのはビャクヤだった。

どこかで梵鐘《ぼんしょう》が鳴った気がした。

◆

しょぼーんと垂れ下がった耳と尻尾は、体積が先ほどの三分の一くらいになっている。

(なんかちょっと諦《あきら》めたっぽいな)

先ほどまでは、ビャクヤの表情や丸まった背中は、さも「落ち込んでいます」と言わんばかりだったが、時折尻尾がボッと広がり、耳が不機嫌そうにピコピコ動いていた。

尻尾や耳は、その速さや、動き方によって多種多様な感情を表現するのだ。

シンは騎獣屋でアルバイトをしていたので、魔獣や動物が不機嫌な時の仕草を覚えていた。

ビャクヤは、言動はちゃんと繕えていたが、尻尾や耳に感情がはみ出てしまっていたので、モロバレモロダシ状態だった。

しかし、今はビャクヤの表情や空気と、尻尾が完全に連動している。

てろんと力なく垂れ下がったモフ尻尾を見て、シンはふと思う。

(そういや、狐って稲荷寿司や油揚げとかが好きって定番だけど、こいつもそうなのかな？　本当は鼠の天ぷらが好物とか聞いたことあるけど)

魔物や魔獣も食べるこの世界では、鼠を食用とするのは珍しくない。さすがに溝鼠《どぶねずみ》などは臭みが強くて食べないが、ある程度大きくて食べでのあるモノなら普通に食用になる。

むしろ、たっぷり太った山鼠なんかは美味の部類と言えるだろう。

狐が油揚げを好むという考えは日本独自のもの。こちらの世界でどの程度一緒なのかはわからない。もしかしたら、逆に顰蹙《ひんしゅく》を買うかもしれない。

ビャクヤはカミーユよりも貴族っぽいというか、独特の雰囲気がある。それなりな身分の出自なのだろうと、シンは想像していた。

(あっちから絡んでくるなら追い払うけど、こっちから喧嘩を売るほど暇じゃないし)

さすがに進んで恨みを買いたくはなくて、油揚げの件は保留にするのだった。


その後、四人でスネイクバードの討伐についての話し合いをした。

スネイクバードの生態を調べて、棲息地《せいそくち》から出現場所を特定する。念のため、冒険者ギルドでも聞き込みなどをして情報収集した。

幸い、シンは良い意味で顔が知られている。おかげで、カウンターにいた女性職員がとても丁寧に教えてくれた。

とはいえ、若干怪しい目で見られていたので、必要な情報を貰ったらすぐに退散した。

シンたちはむさくるしさとは程遠いメンバーだ。

小柄《こがら》で童顔のシンに、紅一点《こういってん》の物静かな美少女レニ、黙っていればクールな細身のイケメンのカミーユ、神秘的な風貌《ふうぼう》の狐人のビャクヤ。

中身は割と濃いが、全員外面の良いタイプだった。メッキの厚さは違うとはいえ、露骨《ろこつ》なオラオラ系ではない。

そんなメンバーが集まれば、荒くれ者が多い冒険者ギルドで浮くのは当然だ。

「シン君、Cランクなんかい……」

カウンターでの話を切り上げると、ビャクヤが呟いた。

「依頼の種類をネチネチ拘《こだわ》らなきゃ上がるよ」

「ぐぅう……俺かて、剣も魔法も自信あるんやで？　遠距離攻撃は得意やあらへんけど、接近戦ならその辺のには負けへんもん」

「もしかして討伐系ばっかりやってる？」

「当然や。一番実入りがよろしいやろ」

「お前、採取依頼とドブ掃除やれ」

シンの脳裏には、ランクアップの隠し条件が蘇《よみがえ》っていた。

しかし、ビャクヤは拗《す》ねるようにプイッとそっぽを向く。

「イヤや、俺はそんなんせぇへん。掃除なんてガキの小遣い稼《かせ》ぎや。俺はその辺の盆暗《ぼんくら》とは違うんや。誇《ほこ》り高きナインテイルがそないな下賤《げせん》なことするなんて、死んでもあり得へんわぁ」

ちなみに、ビャクヤはEランク、レニとカミーユはFランクだった。

カミーユの場合、肉欲しさに討伐系を重視しているのもあるだろう。あと、薬草などを見分けるのに自信がないと言っていた。

一方レニは、シンとの付き合いの延長だ。彼女は特に金には困っていないし、冒険者業に本腰を入れていない。

（……一応、アドバイスなんだけど、まあいっか）

そんなシンの気も知らず、ビャクヤは苛立《いらだ》たしげに尻尾を揺らして、一人で先に冒険者ギルドから出て行ってしまった。

実はこの中で一番精神年齢が低いのはビャクヤなのかもしれない。

シンは冷静に分析しつつ、カミーユとレニにも同じアドバイスをした。

「ドブ浚《さら》いでござるかー……実入りが微妙なのでござるが」

「ああいう地域貢献型の依頼をやると、特別な評価やコネができやすいんだよ。生活魔法の洗浄や浄化があると楽なんだけど」

魔法が得意でないカミーユは、手作業でやるしかないだろう。かなり体力を使うはずだ。

「シン君はどんな依頼やったんですか？」

「五番街の下水掃除。ただ、あそこは依頼があっても、やばいからやめた方がいい」

レニの質問に、苦々《にがにが》しげにシンは答える。

あれは悪夢と言っていい、地獄の作業だった。感謝はされたが、だいぶ骨の折れる仕事だった。主に精神的に。

酷い臭気というのは、静かに――しかしゴリゴリとメンタルを削ってくる。

シンがやった時の状況は、埃《ほこり》を被りまくった状態の依頼だったので、余計に悪かったとはいえ、それにしても酷かった。

「まあ、二人がやる時は先輩として手伝うよ。我流だけどノウハウはわかっているから。依頼って、種類に拘らず満遍《まんべん》なくやった方がランク上がりやすいし、ステップアップが早いんだよ」

シンの言葉に、なるほどと二人は頷き合った。

二人ともランクをガンガン上げたいと燃え上がっているわけではないが、将来的にも幅広い依頼をと考えておけば、やっておいた方がいいという方向になったらしい。

◆

翌日、準備を整えたシンたちは、スネイクバード狩りに向かっていた。

目指すは湿地。以前、シンがビッグフロッグやポイズンフロッグという魔物たちに散々襲われた、蛙天国《かえるてんごく》だ。

冒険者ギルドで得た情報から、その場所がスネイクバードの狩りに適しているという結論に至った。

最初はスネイクバードが巣を作ることが多い岩壁を狙っていたのだが、餌場《えさば》にしている湿地の方が近いし、戦いやすいと判断したからだ。

シンとレニはグラスゴーに、カミーユとビャクヤはジュエルホーンのピコに乗った。

それぞれの体重を考えれば逆の組み合わせの方が良いが、グラスゴーはシンと彼の親しい人間以外が乗ろうとすると簡単に殺意の波動に目覚める恐れがある。

背中を許す人間はシビアに選び抜くグラスゴー・首刈《くびか》り族・パイセン。

無論、ピコはピコでシンを乗せたがったが、その辺は弁《わきま》えているようだ。最初は微妙な感じだったものの、シンが騎手であるカミーユに「ピコが疲れたらすぐ飲ませろよ」と、ポーションを渡したら、わかりやすくやる気を出した。

シンはグラスゴーをなるべくビャクヤに近寄らせないようにしていたので、出発してからも特に問題は起きていない。

以前湿地に行った時は、それらしき魔物は見なかったのだが、今回は近づいた時点で無数のスネイクバードを見つけた。

「なるほど、狩場だな」

シンがグラスゴーの上でぽつりと呟く。

タンデムしているレニもその様子を見て納得した様子だ。

スネイクバードは燕のように滑空し、水面めがけて下降すると、勢いそのままにビッグフロッグに襲い掛かる。

自分より大きなビッグフロッグに手を出すと逆に食われる恐れがあるため、上から獲物を吟味《ぎんみ》してから襲っているようだ。

「繁殖《はんしょくき》期前やし、餌場として狙い目なんやな」

繰り広げられる弱肉強食はめまぐるしい。カミーユと二人乗りをしているビャクヤがげんなりと呟いた。

小さいビッグフロッグは、鼠サイズくらいなものもいるが、大きなものは大型犬サイズを優に超えている。

オタマジャクシの時はだいたい普通の蛙と同じ大きさだから、蛙になった後もあそこまで成長して大きくなるのだろう。

湿地に辿り着くと、相変わらずたくさんの蛙が目を光らせていた。

だが、スネイクバード対策なのか、茂みの近くなどに身を隠しながら、こちらの様子を窺《うかが》っている。

「まあええわ」

そう言って、ビャクヤは一足先にひょいと湿地に降りる。

腰に佩《は》いた長剣は刀によく似ているが、非常にほっそりとしていた。それをスラリと抜こうとしたところで、シンが止める。

「あ、こら。降りない方がいいぞ」

「なんでや？　水面近くにおったら、蛙めがけてスネイクバードも来る――」

と言いかけた瞬間、水面から特大のビッグフロッグが飛び出し、大口を開けてビャクヤに襲い掛かった。

すぐさまシンが弓矢で大蛙の脳天を射貫《いぬ》く。そしてカミーユがビャクヤの首根っこを掴んで、即死したビッグフロッグの巨体から避けさせた。

「な、ななな？？？」

さすがに水しぶきは避けられなかったのか、ビャクヤはびっちょびちょのまま仰天《ぎょうてん》して言葉を失う。尻尾もぺっしゃんこになっている。

「ビッグフロッグは口に入りそうなものは全部食いつこうとするぞ。馬から降りない方が安全」

「シン殿〜、この蛙は食えるでござるかー？」

呆然とするビャクヤを横目に、カミーユは平常運転だ。

「食べられるけど、そっちは後でな。スネイクバードの目標数いったら、好きなだけ獲《と》ればいいから」

そう言って、シンが蒼天《そうてん》めがけて弓を射ったと思ったら、さっそく一匹のスネイクバードが落下した。

後ろではレニも魔力を練って、魔法を構築しはじめている。

「水面に降りてくるのを待つより、魔法や矢で狙った方が早いから、ビャクヤは邪魔されないように頼んだぞ」

言うが早いか、シンはグラスゴーごと襲ってきた巨大な鰐《わに》を射貫く。

レッドアリゲーター――その名の通り赤い鰐である。体長はおよそ七メートル。たらふく食べているのか、丸々と肥えていた。

その巨体にビビり上がったビャクヤは、すぐさまピコに乗る。下手に水辺に寄ると危ないとようやく理解したのだ。

彼が馬上に戻ると、蛙をはじめ魔物たちは狙うのを諦めたのか、息を潜めた。

その間に、ビャクヤはすっかり濡れそぼった体を拭《ふ》く。

ピコはデュラハンギャロップほど戦闘向きではないが、魔角を持つジュエルホーンという立派な魔馬だ。普通の馬より余程強靭《きょうじん》である。

ようやく一安心というところで、ピコの下半身が持ち上がった。

「はへ？」

「お？」

ビャクヤとカミーユが後ろを向くと、レッドアリゲーターが空を舞っていた。

高らかに上がっているピコの足の延長線上にいたことから、背後から狙ったところを蹴り上げられたのだろう。

すとんと何事もなかったように足を下ろしたピコは、軽く頭を振った後にピコピコと耳を動かしていた。

「ここ、アリゲーター系だけじゃなくてデカいスネーク系も出るから、気を付けろよー」

「シン君、そういうことは先に教えてください！」

三人を代表してレニが叫んだ。

その声と同時に、氷柱のように鋭く岩が隆起《りゅうき》し、飛びつこうとしていたビッグフロッグとポイズンフロッグが蹴散らされる。

「ごめん、凄く嫌な記憶だったから無意識に蓋《ふた》をしていたかも」

「どんだけ嫌だったんですか？」

鼠返しのようになった岩の隆起に負けて、次々と落ちていく蛙たち。ぼちゃんぼちゃんと水しぶきを上げるが、当然この程度ではびくともしない。

ビッグフロッグの中には、ちょっとした隙間やでこぼこにしがみついて、こちらを目指すチャレンジャーがいた。

さっそく飛び掛かってきたビッグフロッグを、カミーユが切り伏せる。

「シン殿？　ここ、蛇より蛙の方が多いような気がするでござるが⁉」

「食物連鎖だと、蛙は蛇の下が多いからなぁ」

巨大な蛙が小さい蛇を食べることは稀《まれ》にあるが、基本逆である。

シンは気のない適当な返事をしながらも、絶えず手を動かして、蛇や蛙や鰐を射貫いている。

ここはオタマジャクシ課程を修了した、新米蛙がたくさんいるのだろう。前回よりサイズが小ぶりなだけ、まだマシだった。

「シン君、どーにかならへんのか⁉　スネイクバードどころじゃなくなるで⁉」

「氷系の魔法を使えば、爬虫類《はちゅうるい》や両生類系は動きが鈍《にぶ》るよ」

その言葉に、縋るようにビャクヤはレニを見る。

「レニちゃん！」

「この数では、広範囲にかけなくてはいけません！　無理ですぅ！」

彼らの焦燥《しょうそう》を感じ取ったのか、魔物たちは畳み掛けようと襲いくる。

シンが全力を出して一掃しても良かったのだが、不利な条件で戦った方がカミーユたちの経験になるだろう。

それに、シンの魔力のヤバさをうっかり露呈《ろてい》しかねないので、イマイチ踏み切れずにいた。

そして何より、この状況で一人へそを曲げている相棒がいる。

一人冷静なシンは、ポンとその相棒――グラスゴーの首筋《くびすじ》を軽く叩く。

「いいよ、グラスゴー」

それを合図に、グラスゴーは力強く嘶《いなな》いた。

雑魚が寄ってきて心底鬱陶《うっとう》しかったのだろう。魔角にバチバチと黒い光としか表現しようのない、エネルギーを纏《まと》わりつかせている。

頭を一振りすると、そのエネルギーは黒い稲妻《いなずま》となって周囲に襲い掛かった。

爆《は》ぜる音、焼ける音、悲鳴がその場に響く。

数秒後、その場に残っていたのは、黒く焦げてぶすぶすと音を立てる残骸が多数と、水面にひっくり返って白い腹を見せるたくさんの蛙や鰐や蛇たちだった。それ以外にも、巨大な魚や蟹《かに》や海老もいる。

空を飛んでいたスネイクバードも感電したのか、何匹も落ちていた。

シンは一人湿地に降り立ち、大容量の収納が可能なマジックバッグに、魔物たちを片《かた》っ端《ぱし》から仕舞いはじめる。

処理は後だ。とりあえず回収して、鮮度を落とさないようにするのが先だった。

「拾わないの？」

馬上で呆然としている三人にシンが声を掛けると、ようやく彼らも動き出した。

「カエル・カエル・カエル・ヘビ・カエル・ワニ・サカナサカナカエルカエルカエル……っ！　だーっ！　ほぼほぼ蛙ばっかやんか!?　スネイクバードもおるけど、十匹に一匹やんかー!!」

あまりの量に、ビャクヤがうがーっと髪を掻きむしっている。

無駄にお坊ちゃま意識が高い系ミヤビ狐なので、泥んこフェスティバルは嫌なようである。

「はいはい、キリキリ働く。口よりも手を動かす。御銭《おぜぜ》が君を待っているよ」

幸い、シンのマジックバッグ（異空間バッグに転送可）にどんどん収容できるので、グラスゴーの頑張りは無駄にはならなそうだ。

功労者グラスゴーは、シンからご馳走《ちそう》のポーションを貰ってご機嫌である。

時折、無謀《むぼう》なグラスゴーチャレンジをする魔物が蹴り飛ばされて宙を舞う中、ビャクヤがきぃっと吠《ほ》える。

「なんで俺がこないなことせなあかんの!?」

まだまだ元気そうだと、シンは観察しつつ相槌を打つ。

「お前とカミーユの授業のためだろう。ここから薬作るところまであるんだぞ」

「……せやった」

ビャクヤはガチで忘れていたらしい。シンの冷静な言葉でやることを思い出して、項垂れている。

初対面の時こそ澄ましていたが、本来ビャクヤは随分と感情の起伏が激しいらしい。

化けの皮がベリッベリに剥《は》がれている。蛙ショックおそるべし。

「ギルドで解体してもらえれば、目玉と肝《きも》とか、素材を貰えるから。あっちで買い取ってもらうこともできるけど」

「素材や報酬《ほうしゅう》があるとはいえ、死体をかき集めるだけで今日はもう腹いっぱいや」

シンがマジックバッグを持っていたことに最初こそ喜んだビャクヤだが、収納上限が見えない作業＝エンドレス魔物回収という事実に気づいてからは、どんよりしている。

水に入って鰐を縄で括《くく》っていたカミーユも、ややぬかるんでいるギリギリ陸地で素材回収と採取をしていたレニも、ビャクヤに同感のようだ。

魔物だけでも十分色々あるのだが、湿地ならではの植物が多くあるので、それらもついでに採取している。

「同じくでござる……」

「まだ蛙はいますし、休憩を取るのは湿原を出てからにしましょうか」

カミーユとレニの顔には「ゆっくり休みたい」と書いてあった。

食事中に蛙に乱入されてはたまらない。蛙じゃなくて、蛇や鰐が乱入してくる恐れもあるのだ。

幸い、グラスゴーが大暴れした後は、魔物の襲撃は格段に減っていた。

スネイクバードも、上空を旋回しながらシンたちがいなくなるのを待っている様子だ。稀に降下してくるものも、シンたちからだいぶ離れた場所に行く。

(なるほど、結構警戒心が強いのか。これじゃ近距離タイプには難しいな)

意外にも良く動いたのはビャクヤで、ぶちぶちと文句を垂れながらも後半は追い上げるように回収作業に没頭していた。

もともと要領が良いタイプなのだろう。

だが、さすがに疲れたのか、作業を終えて湿地から少し離れた場所で休憩を取ると、パンを齧《かじ》ったままウトウトとしはじめた。

レニやカミーユも相当疲れているので、気持ちがわかるのか、苦笑している。

なお、この手の重労働に慣れているシンは、ケロッとしていた。

◆

「――はっ⁉」

休憩中にうたた寝をしてしまったビャクヤが起きたのは、冒険者ギルドに着いてからだった。

テーブルに突っ伏すようにして寝ていたので、顔を上げた瞬間、べりっとした音がした。随分と長い時間、ほっぺたをテーブルにくっつけていたのか、謎の粘着性《ねんちゃくせい》があった。その原因は蛙の粘《ねん》液《えき》なのだが、幸か不幸か、それを指摘する者はここにはいない。

「あ、起きたでござるか」

「ここは冒険者ギルドですよ。今は魔物の査定と解体中です」

食事をしながら歓談中だったのか、レニとカミーユはそれぞれシチューポットパイと骨付き肉を楽しんでいる。

それを見て、ビャクヤは周囲に漂《ただよ》う香ばしい食欲をそそる匂いに気づいた。すると急激に空腹であることを自覚する。

帰りの道中、軽くパンと水を口に入れたが、空腹を誤魔化す程度の小さなものだ。

あまりたくさん食べすぎると、動きが鈍くなるからと、満腹までは食べなかった。だが、それでも疲れ切った体に染みわたり、睡魔に襲われたところまでセットで思い出す。

眠っていたビャクヤが何故ここにいるかといえば、シンたちに運んでもらったからに他ならない。

自分だけ爆睡してしまったという事実に、ビャクヤは頭を抱える。

自分より小柄な女の子のレニですら、ちゃんと起きているのが更にトドメだった。

「なんでや……？」

「ビャクヤ、どうしたでござるか？　討伐は大成功。あれだけ魔物を仕留めたので、かなり儲《もう》かったでござるよ！」

脳筋《のうきん》シバワンコはこの際置いておく。カミーユが意外とタフなのは、実技系の実習で知っていた。

基本的に、カミーユの元気は食べ物を与えればすぐにチャージされる。

「デュラハンギャロップがあんなに強いとは思いませんでした」

「グラスゴーが別格なのだと思うでござる」

しみじみと語るレニとカミーユ。

そんなのほほんとした会話すら、ビャクヤはちょっと憎いと感じた。

湿地での作業は足場が悪いし、湿気は纏わりつくし、蛙は飛んでくるし、泥だらけになるしで、最悪だった。冬は去ったとはいえ、まだ水は冷たいから、それも容赦なく体力を奪ってくる。

そこで彼はふと気づく。

意外と服も体も綺麗だった。ちょっとべたついているが。

不思議がるビャクヤを見て、レニが種明かしをする。

「シン君が洗浄の魔法を掛けてくれたんですよ……でも、蛙の粘液はちょっと落ちづらいみたいで」

「最後の一拭きは自分でやるでござる。温めたタオルがオススメでござるよー」

二人はすでに拭いたらしい。すっきりとした顔をしている。

ビャクヤもホットタオルを貰って顔を拭く。顔がすっきりするし、なんだか安心する。

「シン君は査定についていっとるん？」

「はい。シン君が倒した魔物を全部持ってくれましたし」

マジックバッグはシン以外、出し入れできない。

彼がいなかったら、馬に乗せられる量だけしか持って帰れなかっただろう。湿地で倒した分の十分の一にも満たない量だ。

「ついさっきまでは一緒にいたのですけれど、職員さんに呼ばれて行ってしまいました」

あの膨大な量を出したものだから、現在ギルドの裏方は大忙《おおいそが》しらしい。

「まあ、シン殿ならば安心でござるよ」

もぐっと肉を食《は》むカミーユに、レニが頷く。

確かにあのしっかり者の――というか、いささか可愛《かわい》げがないくらいに抜け目がないシンであれば、正確な手続きをしてくるだろう。ビャクヤは納得した。

「とりあえず、無事を祝って乾杯しているところでござる。ビャクヤも楽しむでござるよー」

幸せそうにパクパク食べ続けるカミーユに呆れながら、ビャクヤも注文をすることにした。

眠って体力は回復しても、空腹は収まらない。むしろ、ちょっと入れた分は消化しきっていて悪化した。もうお腹がペコペコであった。

起き掛けに頼むものではないかもしれないが、がっつり食べたかったので、オニオングラタンスープとボアの香草包み焼きにパンをいくつか頼んだ。

（はぁ～、これはこれで悪ぅないんやけど、たまにはお米さんたべたいわ。お稲荷さん……餅巾着《もちきんちゃく》。お揚げもご無沙汰《ぶさた》やしなぁ）

頼んだものをぺろりと平らげたものの、なんとなく物足りなくて、数々のメニューを思い浮かべる。

ビャクヤだって育ちざかりなので、意外と食べる。ティンパイン料理も美味しいとは思うものの、故郷の料理は格別だった。

その時、シンが戻ってきた。

「あ、起きたんだ。精算終わったから、こっち」

そう言って、シンは個室の方を指さした。

自分で頼んだらしいハムとレタスと卵の入ったバゲットサンドの皿を持って、シンが移動する。

すでに食べ終わり、食後のお茶に入っていたレニとカミーユも、その背中に続いたので、ビャクヤも追いかけた。

部屋に入ってまず目に飛び込んできたのは、輝かしい山だった。

レニ、カミーユ、ビャクヤは、目の前にこんもりと鎮座《ちんざ》するゴルドに目を白黒させる。

カミーユなど、何度か目をこすったり、細めて見たりして、それが夢幻《ゆめまぼろし》や見間違いでないかと確認している。

そんな三人とは違い、シンはちょこんと椅子に座ってギルド職員の方を見ていた。

「合計で八十二万とんで七百ゴルド。四等分で二十万五千百七十五ゴルドになります」

職員がカルトンの上に金額の内訳を書いた紙を置く。

圧倒的に数が多いのはビッグフロッグやポイズンフロッグ。そしてアリゲーター系やスネーク系、魚や甲殻類《こうかくるい》の名前がずらりと並んでいる。

状態や大きさや重さ、色などによって若干査定額に差があるのもわかる。

「スネイクバードの素材は買い取りではなく、そちらで引き取るとのことですので、お渡ししますね」

「ありがとうございます」

素材の入っている袋を受け取ると、シンはそのまま近くにいたカミーユの方に差し出す。

しかし、カミーユは目の前のゴルドの山に釘付け。使い道に意識が飛んでいる。彼の脳裏にはたくさんの料理が躍《おど》っていた。

今にも手の中から落ちそうな袋を、慌ててビャクヤがかっさらった。セーフである。

「あの大きなレッドアリゲーターは非常に色が良いので、オークションに出します。落札価格が決まりましたら、またご連絡しますね」

「トレンドは黒系と聞いていましたけど、あんなに真っ赤な鰐皮を買う人なんているんですか？」

「いますよ？　真っ赤だからこそ欲しがる方の心当たりがあるんです。特にあの色味であれば、絶対に目を付けますよ」

自信満々のギルド職員だが、赤い色を好んで買う方ではないシンは、首を傾《かし》げた。

かなり濃い色なうえ、発色が良いので非常に目立つ。

「つーわけで、とりあえず今日貰えるモノはその報酬だから。一応各自で確認しといて」

レニが遠慮がちに確認する。

「シ、シン君、いいのですか？　騎獣や運搬はシン君頼みだったのに、綺麗に四等分って……」

「今回は四人パーティだったし、僕も勉強になったから」

「お馬さんにちょっとええもんあげてもええんやで？　今回一番活躍したやろ？」

ビャクヤもレニの意見に同意するように頷いた。

なお、カミーユは引き続き、ドリームトリップ中である。

「いや、それはそれ。これはこれ」

譲《ゆず》る気がないシンに、ビャクヤは少し耳を下げた。

初対面の時の大人しそうな印象は裏切られ、意地が悪いと思っていたシンだが、こちらが変な気を起こさなければ意外と世話焼きらしい。

騎獣を貸してくれたり、戦闘でアドバイスやアシストをしてくれたり、マジックバッグに全員分の獲物を入れてくれたり、眠ってしまったビャクヤの泥を落としてくれたり。

今もこうやって、きっちりと利益を分け合おうとしている。

今回一番魔物を倒したのは、シンの騎獣だ。彼が多く報酬を貰っても、誰も文句を言わないだろう。

「なんや、シン君。律儀やなぁ」

くふんと笑うビャクヤは「じゃあもろときましょか」と自分の方へカルトンを寄せる。

それを見て、レニも一瞬迷った後に同じように引き寄せた。そして、隣で涎《よだれ》を垂らしているカミーユをいい加減現実に引き戻しにかかった。

その後、四人はギルドを後にした。

全員寮暮らしなので、当然ながら帰る方向も一緒である。

行きと同じように、グラスゴーにシンとレニ、ピコにカミーユとビャクヤが乗ろうとする。

だが、ビャクヤがシンの方へ寄ってきた。正確に言えば、グラスゴーの方へ、である。漆黒《しっこく》の巨《きょ》躯《く》をちらりと見た後、その顔をまじまじと見つめる。

「ビャクヤ、あんまり近づくと……」

「なんやこのお馬さん、魔馬やけど、ちょっと変わった気配がするんやけ――んぎゃーーーっ⁉」

デュラハンギャロップの十八番《おはこ》、首刈りが発動しかけた。

すっかり伸びた魔角で、ビャクヤの眉間《みけん》めがけて突いてきたのだ。ビャクヤは体を捻《ひね》って逃れたが、それでも頭をかすって結《ゆ》った髪がほどけている。

追撃がなかったのは、シンが手綱《たづな》を引いたからだろう。グラスゴーはやや不服そうに「なんで？」と、シンを見ている。

「あぶなー！　なんやの、この子!?　あぶな！」

「ごめん、基本、グラスゴーは僕以外には喧嘩腰なところがあるから」

「見とっただけなのに！　なんも企んでなかったのに、何すんの!?」

魔獣の騎獣は珍しくないが、グラスゴーからは群を抜いて強い気配を感じていた。

それを差し引いても、何やら違和感を覚えて、ビャクヤは思わず見つめてしまったのだ。

「ビャクヤー、それアウトでござるよ〜。ピコは大人しい馬でござるが、グラスゴーは暴れん坊でござる。というか、デュラハンギャロップと目を合わせるのは危険行為でござる」

「物騒《ぶっそう》!!」

「首なし騎士《デュラハン》の魔馬《ギャロップ》でござるよ？」

カミーユに窘《たしな》められても、ビャクヤは納得いかない様子だ。

シンがデュラハンギャロップの習性を教えると、彼はドン引きした。

シンも「わかる」と内心で頷く。シンだって、初めてこの説明を聞いた時は同じ反応だった。

「えぇ……シン君もレニちゃんも、よぅそんな血の気の多いのに乗れるな」

「僕には懐いているし」

「そのうち懐いてくれますよ？　………………………多分」

レニが最後の方に小さく付け足した言葉を、狐イヤーはキャッチしていたようだ。ビャクヤは物凄く胡乱《うろん》な視線をレニにぶつけるが、彼女はそれから逃れるようにさっと顔を背《そむ》けた。

シンがぺちぺちとグラスゴーの首筋を叩いて、オイタも程々にするように伝えている。

「シン君、ガッツあるなぁ。命がけの我慢比べしたん？」

「僕はグラスゴーが弱っていたところを保護というか、治療したから、そういうのはしないで懐いたんだよ」

ビャクヤはシンの細っこい少年体形独特の腕を見て「なるほど」と納得した。

矢の威力からかなり強肩《きょうけん》なのはわかるが、何時間も暴れまくる魔馬に耐えられるようには見えない。

しかも、デュラハンギャロップは意に沿わずに背に乗れば、絶えず首を狙ってくるらしい。

そんなグラスゴーが、べろんちょとシンを舐める。

傍目《はため》にもグラスゴーからの「好き好き～♡」なオーラが見える。だが、ビャクヤを見ると、円《つぶ》らな黒い瞳を一瞬眇《すが》め、ふんっと鼻で嗤《わら》った。

シンに対する態度とえらく違うが、昼間の恐るべき実力を見れば、ビャクヤには争う気など全く起きなかった。

◆

スネイクバード討伐は大成功し、素材も無事に入手。お小遣いにしてはたっぷりの討伐報酬に、みんなホックホクで終わった。

その数日後、真っ青な顔をしたビャクヤとカミーユがシンのもとにやってきた。

わざわざ教室に来たので、一瞬室内がザワリとした。

そこでシンは思い出す。この二人、黙っていればとってもイケているメンズなのだ。

嫌な予感しかしなかったものの、シンはかなり差し迫った事情を感じた。

レニも微妙な顔をして二人を見ている。

「あんな、シン君……お願いがあるんや」

遠慮がちに切り出したビャクヤに、シンが素っ気《そけ》なく応える。

「話を聞くだけならいいけど、内容によっては断る」

うぐぅ、と苦汁《くじゅう》を飲んだようにぷるぷるするビャクヤとカミーユ。

騎士科の実習でもあったのか、二人とも剣と刀を携《たずさ》えている。

「スネイクバードの素材、残っとる？」

「残っているけど……」

その返事を聞き、二人は露骨に安堵《あんど》した。だが、ビャクヤはすぐに表情を引き締める。

シンの後ろから、恐々とレニが声をかける。

「あの、ビャクヤ君……まさか私が渡した分……」

「堪忍な、レニちゃん。せっかく譲ってもろたんやけど、カミーユのド下手くそな調合で、見事な産廃モドキになってもうたんよ」

美形二人であるのに見事にしおっしおの顔。プラスでビャクヤは連動するぺちゃんとした尻尾と下がった耳。

（なるほど、察した）

二人はシンが素材を持っていなかったら、騎獣を借りて再びあの蛙乱舞の湿地にでも行くつもりだったのかもしれない。

そして、シンとレニにもできれば同行してほしいのだ。それが無理なら二人で行くしかないが、泊まり込めばある程度は取れるだろう。

「俺もあんま上手じゃあらへんから、人のこと言えへんけど、カミーユはその上を行くドヘタなんや」

「そんなに難しいの？」

「魔力の注ぎかたが難しゅうてな。騎士科の連中はこの手の作業が苦手なのが多いけど、かといって、あんま他所《よそ》に借りを作りとうないんや」

シンは調合のレシピを見せてもらう。ざっと目を通した感じ、回復系の下級ポーションや、ポピュラーな解毒ポーションなどよりは難しそうだった。

だが、シンがいつも作っているミリアの化粧水や美容液と比べれば簡単な作りをしている。

それらの方が匂いや使用感に気を遣っている分、面倒な素材厳選や温度管理、濾過作業《ろかさぎょう》が増えている。

「僕、できるかも」

シンの呟きに、ビャクヤが顔を輝かせる。

「マジで⁉　ホンマ⁉」

「僕の畑でデカい面している白マンドレイクの出荷を手伝ってくれれば、作ってもいい」

例の白マンドレイクどもは、湿地に行っている間にさらに増えていた。

空いていた畝だけでなく、通路やちょっとした他の畝の隙間にまで体をねじ込んで居座っているのだ。

味は良いので、珍味大根としてギルドへ出す予定だ。食材系は最近出していなかったし、ちょうど良いだろう。

「乗った！　ええな！　カミーユ！　俺とお前の腕じゃ、どうにもならへん！　ここは神様仏様シン様頼みや！」

「もちろんでござる！」

労働力を確保してシンがほくそ笑んでいるのに気づいたのは、レニだけだった。

もっとも、彼女もわさわさとフリーダムに繁殖する大根モドキどもに困惑していたので、何も言わなかった。

◆

放課後、シンは先にカミーユたちに頼まれた調合を終わらせることにした。

スネイクバードの素材をはじめ、材料はシンのマジックバッグの中に揃っている。

シンが所属する錬金術部は半《なか》ば調理クラブだが、ちゃんと錬金術用の調合器具があるので、彼はカミーユたちを伴《ともな》って部活へと向かった。

部長のキャリガンから部屋のすみっこを借りる許可を得て、シンは調合を開始する。

調合レシピに基づいて、素材を計量して下準備を始めた。

「シン殿、何をしているでござるか？」

「乳鉢《にゅうばち》で素材を均一に潰している」

ちなみに、今潰している素材はアクアベリーである。調合に使用する材料には、木の実や薬草もいくつかあるので、それぞれ刻んだりすり潰したりしなくてはならない。

「全部入れていっぺんにやった方が楽では？」

カミーユは首を傾げながら、ビギナーやメシマズテロリストのやりがちな間違いを堂々と言い放った。

「ほほう、カミーユ。お前、俺がさんざっぱら横着すんな言ぅたのに——したんやな？」

名案とばかりにガサツな提案をするカミーユの背後から、ビャクヤが低い声で問い詰める。

カミーユは逃げようとしたものの、すぐさま距離を縮めたビャクヤに髪の毛を掴まれた。

「基本ができとらんくせに、無駄なアレンジをしたん？　その頭にはオガクズでも詰まっとんの？」

口調こそ柔らかくおっとりした響きだが、その温度は冷ややかだった。

カミーユのこめかみめがけて、ガッガッと力強いげんこつが入る。特に痛がるところを確認すると、ビャクヤはそこを重点的にぐりぐりとしはじめた。

「ごめんなさいでござるううううう！」

カミーユの謝罪がこだまする。

怒れるビャクヤの暴力をシンもレニもスルーしているので、錬金術部のメンバーも、そういうコミュニケーションなのかとスルーした。

そんな雑コミュニケーションが繰り広げられている間にも、シンの調合は順調に進んでいた。

アシスタント・レニは、シンが欲しいと言った素材の入った小皿をてきぱきと渡していく。

後ろで青い駄犬の悲鳴が響いているが、二人の手つきは淀みない。

「おーい、そこのやんちゃども。クッキー焼けたけど、食べるか？」

「食べるでござるぅ！」

「反省するのが先やろ？」

錬金術部の部員の問い掛けに、すぐさま手を挙げて是と返事をするカミーユ。呆れるビャクヤも、そちらへスススと寄っていく。

香ばしく甘い匂いが立ち込めて、非常に食欲をそそられる。

既に先に手を伸ばして食べている生徒たちもいる。

天板の上に均一に、そして大量に並んでいたのは、とぐろを巻いた――

「ウ●コ？」

「動物モチーフのクッキーを作ろうとして、失敗した！」

ビャクヤの呟きに、製作者のジーニーが生き生きと応えた。

傍にいた料理上手のリエルは、可愛らしい猫形クッキーを持っている。

パティシエ顔負けのレベルで綺麗に焼き上がったそれらは、見栄《みば》えも良くできていた。

猫の顔であったり、お座りシルエットであったり、様々な猫クッキーがあって可愛らしい。

みんな可愛い可愛いと言いつつ、バリムシャ食べている。「可愛いから食べられない」などと言う部員は、錬金術部にいなかった。

それでも、ジーニー作のクッキーは爆笑して食べられない部員はいた。頑張って耐えて口にしても、堪えきれずに「ブフォン」と噴き出す者も多かった。

「ちなみに、これはレイクサーペントです！」

「いや、これどー見ても●ンコやん」

「とぐろを巻いたレイクサーペントのつもりだったんだけどね」

「ウン●やん」

「この程度で●ンコと言うのは、ウン●に失礼だよ。去年のチョコレート大会の、フンコロガシは凄く頑張ったんだ。拳大《こぶしだい》のトリュフをウ●コに見立てたフンコロガシがあったんだけど、あれからしばらくトリュフが小さいアレにしか見えなかったもん……」

ジーニーとビャクヤの間で怒涛《どとう》の排泄物《はいせつぶつ》ワードが連発されるが、誰も気に留めない。

「なんでそんな愉快な方向に全力投球するん？」

「こー見えて婚約者がいんだけどさ、〝手作りお菓子が食べたい〟なんて頭が沸いたこと抜かすから、二度と妄言《もうげん》を吐きたくなくなるように全力を尽くしたのに……チィッッ、あのロリコンが」

ジーニーが滅茶苦茶鋭い舌打ちをした。

会ったこともない彼女の婚約者に、ビャクヤは深く同情した。しかし、彼が思っている以上にその婚約者とやらは肝が据わっているらしく、ジーニーのダイレクトなフードハラスメントは不発に終わったようだ。

ジーニーもまだ諦めていないらしく「次はコックローチ形で攻めるわ」と決意を新たにしている。

コックローチ——別名、御器齧《ごきかぶり》、油虫《あぶらむし》、阿久多牟之《あくたむし》、都乃牟之《つのむし》とも呼ばれている。人類の歴史はヤツと共にあり、日本では縄文時代の遺跡からも卵の形跡が確認されているという。

そんなこんなで騒いでいるうちに、シンは調合を終えていた。

「終わった」

はい、とカミーユは小瓶を渡される。

自分が何度チャレンジしてもできなかったものが、あっさりと出来上がっていた。

「もぐもごごごおおもぐっ！」

お礼を言うつもりだったのだろうが、クッキーを口いっぱい頬張っていたカミーユは失敗した。

シンはカミーユが食べていたジーニー作のユニークな形のクッキーに微妙な顔をする。

たとえ味が同じであろうと、ジーニーのクッキーの形もあって、レニとビャクヤもリエル作の猫クッキーに手が伸びるようだった。

「あ、そうだ。部長、大根ができたんですけど、何か料理に使います？」

シンが思い出したように部長のキャリガンに聞いた。

「サラダやピクルスでも作る？」

「それなら一本か二本で足りそうですね。かなりデカいので」

白マンドレイクという名の大根だが、シンの中では魔法植物ではなく、完全に野菜に分類されていた。

他のマンドレイクと違って危険な絶叫はしないので、扱いやすい。

キャリガンとシンの会話が聞こえたのか、ひょこりとビャクヤが顔を出す。

「大根いうたら、煮物やろ？」

「作り方や調味料知らないし……」

「ほな、俺に任しとき！　調合は苦手やけど、料理は結構得意なんやで？」

意外にも料理ができる系男子らしいビャクヤに対し、錬金術部は歓迎ムードに包まれる。

（煮物……ってことは和食!?　名前や家名からして日系の気配はしていたけど）

こっそりワクワクしているシンだった。

若い体はカロリー大好きではあるが、それとは別に故郷の味は恋しいものだ。

テイラン王国は異世界人召喚を乱発していたそうだから、ティンパインよりも詳しくその手の調味料や料理が伝わっている可能性は十分ある。

ちらりとカミーユを見ると「あ、某は食べる専門でござる」と、謎のドヤ顔。

ビャクヤはぎりぎり解毒剤の調合はできていたと聞くし、下手といってもカミーユとは雲泥《うんでい》の差《さ》があるのだろう。

素材をほとんどダメにしたのはカミーユではあるが、成功への努力をするのではなく、潔《いさぎよ》く諦める方向らしい。

◆

数日後、カミーユとビャクヤは実地訓練に向かった。

調味料調達などの兼ね合いもあり、白マンドレイク料理も帰るまでお預けとなった。シンとしてはちょっと残念である。

労働力を二人分確保したものの、シンの温室でのびのび育った白マンドレイクたちは、ますます繁殖していた。

無駄に元気な奴は、わざわざ石畳の上で日光浴をしてから畝に戻っていくという、ふざけた行動に出るマンドレイクすら出てきた。

その日光浴姿も、タヒチやハワイのプライベートビーチで優雅《ゆうが》なバカンスと言わんばかりである。

「あああ！　こいつら、ついにハーブを引っこ抜いて自分の陣地にしやがった！」

ポーションの材料を奪られて、シンが絶叫する。

いくら面白魔法植物とはいえ、ここまでの暴挙に出られれば苛つく。

温泉にでもつかるように、悠々《ゆうゆう》とそこに居座るマンドレイクたちの傍には、引っこ抜かれてシオシオになったハーブの憐《あわ》れな姿があった。

これは美容液の材料にもなるので、非常に大事な素材なのだ。

シンの手で育てた薬草や香草は、ポーションという液肥があるおかげか、色・艶・香りともに非常に良い。

すぐ収穫できるので鮮度も良いし、下手に外で採ったり買ったりするより、上等な素材である。

「自由すぎじゃありませんか？」

マンドレイクのあまりの奔放《ほんぽう》っぷりに、レニも引いていた。

「ムカつくから、こいつら先に出荷してやる！」

引っこ抜くと、絶叫はしないものの「イヤ～ン」と言わんばかりに悩ましげなポーズをとるのがまたイラッとする。

地面に叩きつけたら商品価値が下がるので、シンはぐっと我慢する。

だが、慈悲《じひ》などない。シンは容赦なくマンドレイクを引っこ抜いていく。そしてそれを乱暴にマジックバッグの中に入れると、怒りの勢いのまま冒険者ギルドへ納品に行ってしまった。

「あ、シン君……！」

レニが呼び止める間もなかった。

白マンドレイクは、稀少《きしょう》な素材である。

育成条件が揃うのが極めて稀で、ストレスに弱いので数が少ない。

美味で無毒で栄養価が高いため、動物や魔物にも狙われまくる。

シンは勝手に増殖する動く野菜程度に思っているけれど、本来ならレア素材。そもそも食材にしようなんて考えるのは王侯貴族の一握りくらいだ。

シンは気づいていないが、これほどまでに白マンドレイクが育つのは、恐らく彼が持つなんらかの加護やスキルの影響がバリバリに影響している可能性が高かった。

第二章　意外な臨時収入

査定のためにゴロゴロと机の上に出された一見大根のセクシーポーズマンドレイクたち。

聖護院系にわがままボディが爆発している。酷いと完全に蕪のような真ん丸の奴もいる。

ギルド職員たちは、最初こそは怪訝な顔をしていたが、査定が終わると急に大騒ぎしはじめた。

「え、この面白大根って、そんなに高いんですか？」

「大根じゃねえ、白マンドレイクだっつの！　普通のマンドレイクでもこのサイズは珍しいのに、なんだこの大豊作は！　どこに生えていた⁉」

群生地があるならぜひ押さえておきたいと、ギルドマスターが身を乗り出す。

シンはセクシーポーズマンドレイクを雑に掴みながら、爪が刺さる勢いで指さす。

「温室で大増殖しているんですよ。この大根モドキ、僕の温室を占領しようとしていやがるんですよ。雑草より性質《たち》が悪い」

「……坊主、お前『緑《みどり》の手《て》』ってスキルを持っているのか？」

「知りません。割と植物は順調に育つなぁとは思いますが」

また神様関連か、と隠れティンパイン公式神子は思い返す。

いつぞやスマホを見たら、加護だの称号だのスキルだのがしこたま並んでいた。確認するのも面倒で、流し見して最適化した記憶しかない。

神託《しんたく》よりも今日のランチメニューが気になる程度には、平民ライフにどっぷりつかっているシンだった。

「で、この大根って、引き取ってもらえます？」

「食材に二割、残りは錬金術や魔術の素材としての取り扱いでいいか？」

「え、これ美味いのに、食べなきゃ勿体《もったい》ないですよ」

シンの言葉に呆れて、ギルドマスターが苦笑する。

「あのなぁ、こんな高級素材を食おうとするなよ」

「じゃあ一度バターで焼いてソースで食べてみてくださいよ。イケますよ」

シンは、断固として食材推奨派だった。

豊作であっても廃棄せずに、できれば誰かに食べてほしいという農家さんの気持ちが良くわかる。雑草扱いしていても、美味しいものは美味しいうちに食べてほしかった。

「しこたまあるので、ギルドの皆さんも、一つずつどうぞ」

「……マジでいいのか？」

「腐らせたり枯らしたりするよりはずっといいです」

シンの言葉に乗せられ、ギルドマスターたちは一つだけ食べてみることにした。

バターソースの香りが湯気と共に立ち上るほっくほくなマンドレイクステーキの前に、ギルドマスターが轟沈《ごうちん》した。

「クッッッソうめえええええ！　マンドレイクのくせに、滅茶苦茶美味い……！」

普通の野菜や肉とも魚とも違う食感。咀嚼《そしゃく》するごとに瑞々《みずみず》しさ、大量の旨味と甘みを携えて大洪水を起こす。

シンから事前に聞いていたが、予想以上に美味だった。

ギルドマスターの中で食欲と常識が鬩《せめ》ぎ合《あ》う。

シンの希望は適当に流して、魔法薬品の素材として流通させるつもりだったが、天秤《てんびん》がぐらっぐらに食材に傾いでいく。

結局、シンの望み通りレストランに食材として卸《おろ》すことになった。

決定した時、シンは両手を天に掲げて勝利のポーズを取り、ギルドマスターは項垂れた。

「そういえば、この前のレッドアリゲーターのオークションはどうでしたか？」

「あー。ありゃ凄いことになったぞ。グラディウス陛下がお忍びでオークションに参加していたんだが」

自分から話を振っておいてなんだが、いきなりとんでもないワードが飛び出てくるものだから、シンは変な声を漏らしそうになった。

なんとか「へぇえ」とガッタガタに震えた声を絞り出した。

「ありゃあ、王妃様に贈るためだろうな。陛下はしょっぱなから飛ばして競《せ》り落《お》とそうとしたんだが、それに気づいていない他所の国のお偉いさんが競《せ》ってきたんだよ」

「げぇぇ」

思わず潰れた蛙のような声を漏らすシンだった。

ティンパイン王国のトップが何してんだと突っ込みたいところだ。しかし、グラディウスは愛妻家であるとよく耳にするし、奥様のために少し気合を入れたのだろうと、シンはなんとか自分を納得させた。

実際は、以前シンがチェスターに美しい羽根を持つフレスベルグを融通したことが、今回の購買意欲に火をつけた原因なのだが。

「陛下もなんとか競り落としたが、最後まで競っていたご婦人がとんでもなく切れてなー」

「オークションは高値を払えた者が勝ちでしょう」

「ああ、なのに寄越《よこ》せだのなんだのと食って掛かって。しかもそれが自称テイランの王妃様だとよ。国が滅茶苦茶だっていうのに、なーにしてんだか」

ギルドマスターが口にした言葉に、シンは耳を疑う。

「え。本当の王妃なんですか？」

「真偽は知らないが、あそこまで大枚叩《たいまいはた》けるとなると、よっぽどのやんごとないご身分のはずだ。テイランの王族は戦神バロスの加護が消えたから、巡礼《じゅんれい》っていう名目で旅行しているらしいからな。戦神様を復活させるためだの、新たな神から加護を得るためだの、理由は色々だが」

実際は税金で神罰を逃れるために豪遊しているということだろうか。シンは血税のあんまりな使い道に半眼になる。

テイランにはもともと良い印象がなかったが、評価が更に大暴落した。

「マジで何してんですか、そこの王族」

「あそこの王族、ヤバいって評判だからなぁ」

個室なのをいいことに、言いたい放題の二人であった。

「でも売れたんですよね？」

「おうよ、聞いて驚け。一千万ゴルドだぞ」

「は？　いっせんまん」

あっさりと告げられた内容に、シンの頭が追い付かない。

「イヤイヤイヤイヤイヤ？」

「レッドアリゲーターとしては破格だぞ。ドラゴンだったらさらに跳ね上がっただろうな……テイランの王妃様も、鰐の前に散財してなかったら、もっと食いついたかもしんねぇが」

嘘《うそ》ではなく、事実らしい。

「学生に、なんて大金持たせようとしてるんですか!?」

シンが引いていると、ギルドマスターが追撃で畳みかけてくる。

「だったら、あんなバカでかい真紅のレッドアリゲーターをほぼ無傷で捕らえてくるな。言っとくが、あのサイズだと射貫くのも一苦労だぞ？」

矢というのは、剣や槍よりずっと傷口が小さい。

そのため、仕留めた素材の状態が良く、加工して有効活用しやすいのだ。

シンが持ってくる素材は高品質なことに定評があるが、それは本人の素材の扱いの丁寧さと、得意とする得物が広範囲攻撃ではないのも大きな理由だった。

よっぽど手に負えないくらいの戦力差でない限り、シンは殲滅型《せんめつがた》の魔法も使わない。

以前持ち込んだクリムゾンブルのように巨大な群れをなしていない限りは、一つ一つ丁寧に仕留める傾向にあるのだ。

「でも、レイクサーペントより小さいですよ？」

「馬鹿言え。赤は赤でも、あの真紅は特別なんだよ」

「牛も赤でしたよ？」

「あれは量《クリムゾンブル》があったから、価格低下したが、今回は一点物だから、価格高騰《かかくこうとう》が起こったんだよ」

クリムゾンブルの時は、シンは手加減など忘れて神様加護マシマシの狂った高出力で焼いた。焦げたものも多かったが、そもそも群れがあまりに大きく、絶対数が多かった。対して、オンリーワンのレッドアリゲーターの価値が高騰するのは仕方ない。

その理屈はわかる。わかるが……一千万ゴルドの価値があるのかと言われれば、首を捻るところだ。

「あと、お前が以前出したレイクサーペントを競り落とした旦那《だんな》が、夫婦で揃いに誂《あつら》えたものを持つようになって、冷え込んでいた仲が改善したらしい。十年間子宝に恵まれなかったのが急におめでたになったから、験担《げんかつ》ぎもあると思うぞ」

「ワァ、オメデトウゴザイマス」

どこから突っ込んでいいのかわからないシンは、思考を放棄した。

偶然か神様パワーかはわからないが、めでたいことは良いことだと、強引に自分を納得させた。

乾いた笑いしか出てこない。

マンドレイクの出荷だけのはずなのに、ドッと疲れたシンだった。

アリゲーターの報酬は、とりあえずシンの分だけもらうことにした。

かなりの大金なので、シンが預かって各自に渡すのは気が引ける。そこで、冒険者ギルドが責任を持って管理し、各自で都合をつけて取りに行ってもらうことにした。

一応、前回と同じように内訳用紙を用意して渡す手筈《てはず》になっている。

実際はシンが一人で仕留めたようなものだが、誰がソレを仕留めたからなどと、いちいち分類していたら面倒くさい。レッドアリゲーターの金額が突出していたが、これをドカッと割ってしまえば、他の権利の主張も封殺《ふうさつ》できる。

また、ここで平等分割の前例を作れば、今後再びパーティを組んでも楽である。

たとえ今回損をしても、シンとしては金銭トラブルを避けられるならそれでよかった。

逆に甘い汁を啜りにくるようなら、それなりに足元を見させてもらいつつ、お付き合いを考えればいいだけだ。

（あ、そうだ。白マンドレイク、せっかくだからチェスター様たちにも渡しておこう）

なんとなく、体に優しく美容によさそうな素材である。

冒険者ギルドを後にしたシンは、遠回りになるがその足で貴族街に向かい、ドーベルマン邸を訪れた。だが、前回の訪問時とは違って、夫妻は不在だった。

その後、シンは商店街を通って弓矢を新調することにした。

以前のクリムゾンブルとの戦いで焦げてしまったのだ。強く撓《しな》らせると、弦だけでなく弓本体が微妙に不吉な音を立てるようになっている。

（多分だけど、あの時と同じ魔力マシマシの一矢を放ったら、お釈迦《しゃか》になるだろうな）

普通に使う分にはまだ大丈夫そうだが、もしこれがバッキリいったら、かなり心許《こころもと》なくなる。

命を預けるものだし、きちんと新調したい。

臨時収入が入ったのだから、奮発しても良いだろう。

いつもよりちょっとお高い商品ラインナップのお店に入ってみる。

年季の入った、だけどしっかり掃除の行き届いたその武器店には、至る所に商品が吊るされている。

傘立てのようなものに、比較的安価な杖が入っている一方で、壁にはシンよりも大きな戦斧や剣が飾られていた。

種類も豊富で、剣だけでも短剣や細剣のようなスタンダードなものから、鋸状《のこぎりじょう》の刃をした特殊な剣や、切るというより叩き割るような大剣まである。

筒状の物が置いてあったので手に持ってみると、突如光の剣が現れた。筒に見えたのは柄《つか》だったようだ。光だけでなく、炎や風、氷などの魔法剣もあった。

童心がくすぐられて次から次へと武器を手に取っていると、誰かが近づいてきた。

「坊や、お使いかい？」

「いえ、自分の弓を探しているんです」

「坊やが？」

意外なことに、店員は女性だった。癖のある長いブルネットの、ちょっと婀娜《あだ》っぽい雰囲気ある美人。

開襟《かいきん》シャツからたわわな胸の谷間を覗《のぞ》かせており、武器よりもそっち目当てのお客さんが来そうである。

「なるほどねぇ……魔力はある方？　強けりゃオススメなのもあるけど」

彼女はシンを値踏みするように、どこか面白そうに見ている。

「使える魔法は少ないけど、魔力の保有量は多いです」

「なら十分さ。ちょっと待ってて」

女性はニッと楽しげに笑うと、店の奥に消えていった。

彼女が持ってきたのは、弓ではなくグローブだった。指の部分はなく、手の甲の部分に宝珠《ほうじゅ》のようなものがあり、周囲に金属の装飾が施《ほどこ》されている。

シンの持ち物は実用重視でシンプルなものが多い。初めて見るものだが、このグローブからは、見かけだけの装飾用ではない、〝できる系〟のレアリティのオーラを感じる。

だが、問題はサイズが大きそうなことだ。

社畜だった頃の大人な真一ならともかく、今の学生のシンだと、ぶかぶかになりそうだった。

「それを嵌《は》めて、構えてごらん」

そう促されたシンは、戸惑いつつ頷く。

グローブを嵌めてみると、その瞬間にぴったりフィットするサイズに変わった。

ずっと使い続けているような、しっくりと馴染むフィット感である。

「魔法が掛かっているんですか？」

「ああ、それだけじゃないよ」

店員に言われた通り構えようとすると、一瞬にして弓が出てきた。しかも、弦と矢まで。

弓は宝珠を中心に、左右対称に金属部分が変形したかのようだ。だが、その割には非常に軽い。中は空洞か、魔力によるコーティングだろうか。

弦は光の糸で紡《つむ》がれており、触ると不思議な感触だった。

「弦と弓は魔力ですか？」

「そうだよ。魔力は消耗するけど、弦も矢も魔力で練り上げているから、張替えや補給の必要はなくなる」

それはありがたい。

敵に囲まれたりして一度に多数を相手にしなくてはならないことは、珍しくない。

魔物や動物の中には、群れを作って戦力や生存率を上げる習性がある種族は多いのだ。

よく見かけるウルフ、ボア、ゴブリン、バーニィ系は単体よりも、複数で行動することが多い。

シンには無駄にガン高の魔力があるし、いちいち弦の摩耗や矢の残数を気にせずに使えるのは便利だ。

（それに、これなら多分弓を引いた時に出る音が少ないはず。魔力に敏感な相手には気づかれやすいかもしれないけど、本当に耳が良い奴は、弓矢の音で気づくやつもいるし……）

ただ、問題は――

「これ、高いですよね？」

サイズ調整機能に、矢が不要な魔導システム付き。軽量だし、成長途中のシンにも扱いやすい。

普通の木製の弓矢とは比較にならないだろう。

「百五十万ゴルド」

（絶妙に範囲内‼　安い？　いや、高いのか⁉　魔法や能力付与系の武器持ったことないから、相場が不明！）

シンはアルカイックスマイルを浮かべる。

今持っている弓を数十本手に入れられるお値段だった。

だが、自分の魔力の高さを考えると、魔力耐性のある弓は魅力的《みりょくてき》だ。安物の弓を使い捨てにして買いまくるより、長く使えるものが良い。

シンが葛藤《かっとう》しているのを知ってか知らずが、店員はニコニコしている。

「この弓はね……アーチャーにしては魔力が高くて、魔法使いだけど弓の腕があるヤツじゃないと使えない、器用貧乏用なのさ」

「ああ、ニッチなやつなんですね」

それは需要が低そうだと、シンは苦笑した。

「魔法使いだと遠距離攻撃は魔法でできるから、接近戦をカバーする短剣とか武具を持つことが多いんだ……これはオーダー品だったんだけど、いざ完成して依頼人が使ったらダメダメで。魔力はあったけど、弓がド下手でさー。返品食らっちゃったのよ」

「うわぁ、ご愁傷様《しゅうしょうさま》です」

「弓矢はロマンとか言って依頼しておいて、結局は短剣に落ち着いてさー。余っちまったんだよ」

それなりに製作費が掛かっているから、捨てるに捨てられないらしい。

得られたのは僅かな前金分で、依頼主はトンズラしてしまい、困っているという。

魔獣の革やミスリル銀、魔宝石などを使ったオーダーメイドだったが、幸いサイズは変動するので売れると思っていた。

だが、魔力量や弓術スキルが必要なのがネックになり、なんだかんだで買い手が付かなかったらしい。

だいぶ価格は下げたが、ロマン重視で誂えられたそのニッチな需要に嵌まる者は、いなかったようだ。

シンは考えた。

衝動買いにしてはお高い。ちょうど臨時収入があったが、それがだいぶ吹き飛ぶ。

「あ、あの、なんで僕にこれを売ろうと？」

「だって、坊やはデュラハンギャロップに乗っているだろう？　腕利きに違いないと思って」

なんでも、武器屋の窓から何度かシンが行き来しているのを見かけたそうだ。

グラスゴーが目立つとは知っていたが、自分まで覚えられているのは意外だった。

「今日は連れていないみたいだけど、君、結構有名だよ？」

カラカラと笑いながら女性にそう言われて、シンはちょっとショックを受けた。目立つ行動はしていないつもりだったのに、と若干落ち込む。

結局、買い物の出会いは一期一会《いちごいちえ》ということで、シンはグローブを購入した。

◆

店を出たシンに手をひらひらと振りながら、女性は黙ってその背中を見送る。

（本当は水路掃除や雪かきをしてくれた生真面目《きまじめ》ルーキー君ってことだけどね～）

――思い出すのは、春先の寒い日。

落ちた雪が凍り付き、彼女の家のドアを塞いでしまった。玄関だけでなく、周囲も落ちた雪がまたま家の周囲に集まって、うずたかく積まれていた。

（あの子は覚えていないだろうけど、凍った道路を溶かしてくれたおかげで、助かったんだ）

シンにしてみれば、目についた大きな雪の塊《かたまり》を溶かしただけだったろう。

だけど、日陰で固まった雪は氷よりも固く、重量があった。家は湿っぽく、暗く、寒くなるし、陽の光は入りづらい。暖を取るにも、湯を沸かすにも薪《まき》は貴重品で、切り詰めて使い続けても残り僅かとなっていた。

とうとう家のドアも開かなくなり、外もほとんど見えない。声を上げても喧騒《けんそう》にかき消され、完全に閉じ込められてしまった。

できることは何もない。彼女は途方《とほう》に暮れていた。

家族で体を寄せ合い、怯《おび》えていた時、急に周囲が暖かくなったと思ったら、雪が溶けていた。開くようになった玄関の扉の向こうに、片っ端から水路や路面の凍結を溶かしているシンがいた。彼が手をかざせば、雪や氷が水になり、そのまま指先の示す方向の水路に押し流されていく。お疲れ気味ながらも、黙々と作業をしていたシン。自分より小さな子供が頼もしすぎて、涙が出た。


店を出たシンの後ろ姿が見えなくなった後、彼女はそっとポケットから紐《ひも》のついた紙片を取り出した。

『可変型聖銀《かへんがたせいぎん》の魔導弓《まどうきゅう》　三百万ゴルド』と書かれたその紙を、ぽいっとごみ箱に捨てる。

彼女がシンに話したことは、全部が嘘というわけではない。

確かに、初心者向けの弓ではない。だが魔導弓は、魔弓系のスキルのある者なら扱える。

シンが弓を持っていたのは知っていた。魔力が強いのも知っていた。

もし彼がこの店に来たら渡したいと、とっておいたのだ。

（まあ、まさかこんな早く来るとは思わなかったけど……）

ルーキー向けの値段設定はしていない。

けれどあわよくば、彼がこの弓を手にしてくれれば……という期待だったが、人の縁とは不思議なものである。

◆

寮の自室に戻ったシンは、さっそくグローブを嵌めて使用感をできる範囲で試そうとしていた。

使用者の意思に反応するタイプであり、弓が欲しい、矢が欲しいと考えると、出てくるようだ。

何度か試したところ、アーチェリーのようなロングボウからボウガンのようなタイプまで、いろいろな形に変化することがわかった。

さすがロマン重視の武器――無駄にオプションが付いている。中には実用性は微妙なものもあったが。

その一つが、弓が小さな竪琴《たてごと》のようになることだ。

弦の太さ・張り・位置を変えられるか試していたら、たくさん出てきてしまった。

弦楽器みたいだと思って、試しに順番に弦をはじいてみたところ、澄んだ音色の音階を響かせたのだ。

（懐かしー。学生時代、中古のギターを買ったなぁ）

全盛期が過ぎたとはいえ、中二病を患《わずら》いやすい時期だったのもあって『禁じられた遊び』を繰り返しつま弾いていた。

というより、シンが通しで弾ける曲が、それしかなかった。

流行曲は毎月変わるし、楽譜は高い。著作権の関係で簡単に、もしくは安価に手に入るのは、クラッシックやレトロソングばかり。

シンのレパートリーは、音楽の教科書に載っている曲が大半だった。

しかも、初心者でも弾けると括りを付ければ、手を出せる曲の数も減る。

思春期の青少年に受けるカッコ良い曲をたどたどしく奏《かな》でるより、簡単で雰囲気があるレトロソングばかり弾いていたのは、仕方がないだろう。

ちょっとしたお遊びのはずが、絶妙に痛々しい青春を思い出して、シンの心が重傷になった。

(でもまあ、無駄に繰り返しただけあって、音は覚えているから、弾ける……はず)

試しに記憶をなぞるように、指を動かしていく。

最初は何度も躓《つまず》いたが、徐々に綺麗に流れていくようになる。

寮の簡素なシングルルームではなく、シックな喫茶店や、薄暗いバーの方が似合いそうな曲調だが、ただの娯楽《ごらく》なので、まあいいだろう。

意外と上手く弾けたことに気分を良くしたシンは、童謡を数曲追加で演奏しはじめる。

童謡は子供向けの音なので、シンプルで割と奏でやすいものが多い。

楽しくてずっと弾いていたら、翌日「シンが吟遊詩人になろうとしている」という愉快な噂《うわさ》が流れることを、その時シンはまだ知らなかった。

◆

いつも通りに特に問題もなく授業が終わったところで、シンは教師に声を掛けられた。

「シン、ちょっと来なさい」

「はい」

物々しいとまでいかないが、教師は何やら硬い表情をしている。

その表情に引っかかりを覚えつつも、シンは頷いてついていった。

レニはちょっと気になっている様子だが、先に次の授業に行ってもらって、席のキープを頼んだ。

教師の後ろを歩き続けること数分。着いたのは、所謂《いわゆる》生徒指導室であった。

もしや面白大根を栽培して売《う》り捌《さば》いたのがバレたのだろうかと、シンは首を捻る。

極めて稀少で珍重される魔法植物だというが、あの白マンドレイクどもは、今日もわさわさと元気に畑を占拠している。

この前、自主的に畝から出て行ったと思ったら、木陰《こかげ》で別のマンドレイクにプロポーズしていた。

気のせいではなく、シンの温室で繁殖していやがるのだ。

余程あの土や水、温度や光加減の環境がベストマッチなのか、定期的に引っこ抜いて出荷や調理に使っても、出ていく気配はない。

シンとしては出て行ってほしかったが、むしろ空いた場所を奪い合っている。新規入居者は殺到しても、自主退去者はいなかった。

どうやらマンドレイク的には〝密です〟状態らしい。

温室の主としてシンが強制退去を頑張って行っているが、マンドレイクは雑草のように逞《たくま》しかった。

ド根性大根ならぬ、ド根性マンドレイクがたくさんいた。

それに対して、健気だなどとは感じなかった。ただしぶとくてムカつくと、シンは思っている。

連れて来られた室内には、すでに数人の教師がいた。

（ふ、増えた……）

迫力ある面構えがそろい踏み。

圧迫面接さながらである。

古典的な様式のローブを纏う厳めしいロマンスグレーは、錬金術科目をいくつか持っているグレゴリオ・プテラ。確か、学園でも著名な教師の一人である。

その隣には武術や体術関連を指導するブライアン・ティラノ。ダンディな角刈りが良く似合い、そのしなやかな筋肉から教師というより戦士という印象だ。現役Aランク冒険者であり、単独でワイバーンを仕留めるほどの猛者《もさ》だと聞く。

そして最後の一人の老婦人は、あまり見たことがない人物だった。シンの記憶が確かならば、教養科でマナーなどを専門に教えるコリンナ・カイデンスキー。王宮で筆頭侍女だった経歴を持つ、裏方のトッププロだ。綺麗にまとめた薄紫のシニヨンヘアと、伸びた背筋《せすじ》。非常に居住まいが美しい。

「掛けたまえ」

教師に促されるまま、シンは椅子に座る。

対面するようにグレゴリオが正面に座り、その左右にブライアンとコリンナが立っている。

一緒に来た教師は時計を見て、少し心配そうにしていたが、すぐに帰ってしまった。確か、彼が次に向かう教室は、ここからかなり離れていたはず。今からだと、ギリギリ間に合うかどうかだ。

シンが固唾《かたず》を呑んで言葉を待っていると、グレゴリオが改まったように口を開いた。

「君は目立つタイプではないが、非常に真面目、そして勤勉であると評価している。授業への態度も、自分からは発言しないが、教師の質問には的確に答えている。能力に驕《おご》らず、着実に知識を取り込もうとする意欲は好ましい。生徒の模範とも言えよう」

「ありがとうございます」

では何故こんなに重苦しい空気なのだろうか。シンは居心地の悪さを覚えていた。

先生方が、怒るというより、苦虫を嚙み潰したような表情なのも気になる。

「そんな君が……その、吟遊詩人になろうとしているという噂があってだな」

（誰だ、そんな頭の沸いた噂を流したのは）

歯切れの悪いグレゴリオの発言に、シンは脱力したが、この訳のわからない状況の筋《すじ》が読めてきた。

この先生方は、真面目な生徒が急に変な方向へ行こうとしているのを心配しているのだろう。

レニほど目を引かないが、シンは授業もきちんと受けているし、満遍なく良い成績を残している。トップに君臨してはいないが、トップクラスには入るだろう。

年に二度、それぞれ前期後期に一度ずつ行われる試験はまだなので、明確な順位や数字化はされていない。それでも小テストや実習、課題などのレポートはちゃんと出しているし、良い評価を貰っている。

そんなシンが突然音楽を始めたので、教師陣も困惑しているのだろう。

とはいえ、この世界において、音楽が芸術として低く見られているということはない。むしろ古くから、貴賤《きせん》問わず親しまれている。

しかし、いつだって才能がモノを言う、シビアな世界であるのは間違いなかった。

ティンパイン国立学園の保有する三つの校舎の中でも難関である、ここエルビア校舎には、音楽系統の学科はない。

一流を目指す者は、音楽の専門学校に通うか、ティンパイン国立学園でもエルビア校舎以外の——ズロストかキーファンの校舎に行くのがほとんどだ。そこなら、専門学科があったはずである。

「移籍を考えていると聞いたが……」

グレゴリオが、恐る恐る聞いてくる。何故そんなに慎重なのか、シンにはわからない。

「え、しません。そもそもなんでそんな噂が」

「君が、寮室で一人楽器の猛特訓をしていると耳にしてな」

「ああ、それは新調した弓に面白い機能が付いていたから、遊んでいただけですよ」

女神に授かったスキルのおかげですぐに上達するので、それほど苦労せずに弾き方を習得できた。

とはいえ、曲自体うろ覚えで、絶対音感など持っていないシンは、一つひとつ音を照合して弾かなければならない。当然、譜面など書いていないので、指と頭で覚えるしかなかった。

「機能？　魔道具の一種ということか」

「ええ、弓なんですけど、竪琴みたいになるんです」

グローブに備わった便利機能で、普段は指輪や腕輪にも形を変えられる。

普通の魔道具にはせいぜいグローブと弓の変換機能だけで十分であって、ここまで無駄に取り揃えていないだろう。

なお、元のグローブ型であれば魔力コストなしだが、変形中は微消費する。魔力量が多いシンであればそれくらいは問題ない。

シンは普段、アクセサリーをほとんど付けないので、ドシンプルで細めの腕輪にしてある。指輪だと気になって邪魔になるが、腕輪なら腕時計と感覚が似ているため、それほど違和感はなかった。

道楽を極めたロマン機能だが、結構役立っていた。

説明するより見せた方が早いだろうというシンの意思に反応し、弓矢が出てきた。それを更に竪琴に変形させる。

魔力の弦を張り、軽くはじくと、澄んだ音が響いた。

「あら、綺麗な音」

コリンナが意外そうに声を上げた。

ブライアンは、武器にこんな無駄機能が付いていることが気に入らないのか、若干渋い顔だ。

「随分道楽な武器だな」

「この弓の作製依頼をした人がロマン重視の機能を満載したようで」

「随分なものを譲り受けたな……そういう付加がたくさんついた魔道具は高いぞ」

「在庫処分だったんですよ。元の依頼主は、作ったはいいけれど、弓の腕がイマイチだったらしくって、返品したみたいなんです」

教師三人が揃って「うわぁ」という顔をする。シンも頷く。作った職人が浮かばれない。

使用者は多めの魔力と射撃能力も求められるというニッチな縛りがついているのに、値段も高いとなれば、需要がなくなるのは仕方ない。

そんな品物をオーダーメイドしておいて、使えないから返品とは、さすがに酷すぎる。

(改めて聞くと酷い話だよなぁ)

シンも言葉には出さないが、同意する。

作った側としたらキレ散らかしたいところだし、二度とオーダーも受けたくないだろう。

竪琴を出したついでに、教師陣に一曲披露《ひろう》する羽目になった。

噂の曲が気になっていたという、興味津々《きょうみしんしん》といった眼差《まなざ》しにシンが折れた形だ。

意図せぬ発表会になり、シンは胃がキリキリしていた。クラス単位の発表会ならまだしも、ソロやアカペラは絶対したくない派だ。

少し緊張したが、なんとかちゃんと演奏できて、ほっと一安心のシン。

「ふむ、何やら憂愁に沈むような、ミステリアスな曲だな。故郷の音楽か？」

「はい。ですが元は異国で作曲されたものと聞いています」

その物悲しい曲のせいで、シンが失恋したのではないかという疑惑が出ていたが、グレゴリオは黙っていた。

シンはレニ・ハチワレという生徒と仲が良い。彼女は学園でも有名な才媛《さいえん》だ。また、その可憐《かれん》な顔立ちに好意を寄せる男子生徒も多いと聞く。

少し前にはタバサ・スパロウといざこざがあった。彼女が大人しく自主退学をしたのは、シンの根回しがあったからだと噂されている。

タバサはかなかなかの美少女なのだが、授業態度は良くなかった。成績はドベ付近を突っ走っていたし、性格も難アリ。一部の男子生徒には受けが良かったものの、それ以外の評判は最悪と言っていい。総合人気では、断然レニに軍配が上がっただろう。

（なんかちょっと邪念を感じる……）

人間関係から勝手に青春の気配に思いを馳《は》せるグレゴリオに、シンは冷たい視線を送っていた。

それでも、グレゴリオは口に出して茶化さないだけマシだった。

「我が校としても、優秀な生徒は手放したくない。余計な勘繰《かんぐ》りだったようだ」

「思春期の生徒が多いせいか、些細《ささい》なきっかけで非行に走る生徒もいますからね」

「グレるとは違う方向でも、男女の惚《ほ》れた腫《は》れたに若気《わかげ》の至りが大暴走したら大変だしなぁ……ティルレイン殿下のこともあったし」

コリンナに続いてブライアンがぽそりとこぼした言葉に、沈黙が下りる。

ティルレインに対して盛大にやらかしたアイリーン・ペキニーズは、その罪により絞首刑《こうしゅけい》に処された。学園内で起こった事件は傷跡として生々しい事件である。

王族とその側近が絡んだ大事件であったため、今後の学園——特に現場となったエルビア校舎には、強い影響を落とすと懸念されていた。

だが、それ以上の大問題が国際的に起きたので、結果的にアイリーンの一件どころではなくなった。

戦神バロスの失墜《しっつい》に始まり、各地の神罰執行。国単位で未曾有《みぞう》の災害が発生する中、被害が軽微だったティンパインに逃げてくる者は多くいた。

おかげで、今年の学園の入学希望者は激増した。

災害の影響で配達物も多く滞《とどこお》っていたため、今頃になって今年分の入学願書が届くことも珍しくない。来年分のものも、現時点で一室が埋まるほど来ているので、事務方はすでに死相が出ている。

「問題はないな。時間を取らせてしまってすまなかったね。担当教員にはこちらから伝えてあるので、君はそのまま授業に戻りなさい」

そう言って、グレゴリオは話を切り上げた。

「わかりました。失礼します」

ちゃんとアフターケアもしてあったようだと、シンは胸を撫で下ろす。今から向かっても遅刻すると思って、ちょっと気まずさを感じていたのでありがたかった。


シンが廊下に出ると、見知らぬ青髪の男子生徒が立っていた。

顔立ちはそれなりに整っているものの、こちらを見て意地悪くニマニマ笑っていて、とても感じが悪い。

赤い目を眇《すが》め、横柄《おうへい》にマントをバッサァと広げる姿も芝居《しばい》がかっている。

この前置きの時点で、シンは彼と関わる気も話を聞く気もなくなっていた。

(見覚えがあるような、ないような？)

石ころを見るような視線を送り、シンはそのままスルーしようとした。

厄介事《やっかいごと》の気配がプンプンする。シンは学生生活を謳歌《おうか》することに忙しいのだ。下らないことに煩《わずら》わされたくなかった。

「ちょっと待てえええ！　オイコラ、シン！　まだ話はこれからだぞ！」

「どちら様ですか？」

静かに迅速に無視しようとするシンを、男子生徒が慌てて追いかけてくる。

思いっきり絡まれたので、仕方なく相手をすることにした。

「俺を忘れただと!?　オウル伯爵家の、シフルト様だ！」

「大変お痩《や》せになっていたので気づきませんでした。謹《つつし》んでお詫《わ》び申し上げます（意訳：マジで気づかなかった、メンゴ）」

シンの記憶にあるシフルトは、目の前の彼と比べてだいぶぽっちゃりだった。

ちなみに今は授業中で、周囲は静まり返っている。そんな中でシフルトの怒号が響かないわけがない。

ついさっきシンのいた部屋にも、まだ教師が三人しっかり残っている。

少なくとも彼らには、この騒ぎがばっちり聞こえているだろう。

「ふん！　ちょっと痩せただけなのに、麗《うるわ》しくなりすぎてわからないとは、大袈裟《おおげさ》だな！」

シンは事実を言っただけで褒《ほ》めていないが、シフルトは照れた様子で、喜びを隠しきれていない。

シフルトは腕を組んで偉そうにふんぞり返る。自分でも太っちょだという自覚があったのだろう。

そして、それなりに気にしつつも、今までなかなか痩せることができなかったのも予想できた。

「うん、まあ？　ちょーっとだけスマートになったのは否定しないが。これも怪我の功名だな」

「そうですか。よろしかったですね。では、僕は授業がありますので失礼します（意訳：興味ねえ）」

営業スマイルで流し、シンはサクサクと早足で退散しようとする。

シンはバリバリフィールドワーク派冒険者だが、慌てて追いかけるシフルトはデスクワーク派――というより、座って動かない系お坊ちゃまだ。その差は歴然。シンは競歩くらいだが、シフルトは全力ダッシュである。シンの肩を掴んだ頃には、脆弱《ぜいじゃく》すぎるシフルトの体力はレッドゲージで、ヒィヒィ言っている。

「待てぇ！　逃げる気か!?」

走れば余裕で振り切れたシンだったが、廊下で騒いでシフルトと同類扱いはされたくないので、嫌々振り返る。

「授業に行く気です。というより、現在、他の教室では授業の真っ最中なので、お静かになさることをおススメします」

「ええい！　イチイチ理屈をこねくり回しおって！　それよりも、マンドレイクだ！　密告したのは貴様だろう！」

「学園内で発見した投棄を通報したのは確かに僕ですけど、やったのはオウル伯爵子息でしたとは。非常に残念でなりません。気高き青き血を引く、由緒《ゆいしょ》正しき伯爵家のお方が、そのような下賤な振る舞いをなさるなんて、思いもよりませんでした」

大変申し訳ないと言わんばかりの沈痛で悲しげな表情で、シンは視線を下げる。

掲示板の張り紙で知ってはいたが、シレッと知らない振りだ。意外と役者である。

やたら偉そうで貴族ムーブが鼻に付くシフルト。そんな彼が気にしそうなことを、シンはピンポイントでつつき回す。

凄まじく露骨だろうが、効果は覿面《てきめん》だった。シフルトはシンの言葉にびくびく反応し、その顔色がどんどん青くなっていく。

伯爵とか貴族以前に、人としてどうかというレベルの問題だが、そこはお口にチャックである。

お綺麗な正論を並べ立てるより、多少乱暴な手段でも、相手の弱点を突いた方が早い。

シフルトはぐぬぐぬと何か言いたげに唸《うな》るが、シンに返す言葉が見つからない。

「貴族だから」という特権階級意識を振りかざす前に、「誇り高き貴族様としてどうなのか」とシンに言われてしまっては、何も言い返せない。

毎度シンに言葉で丸め込まれるのも癪《しゃく》なのだろう。

しかも、シンが居丈高《いたけだか》に言ってきたならともかく、一見下手に出ているので、それが更にやりにくい。

どうあがいても、マンドレイクをはじめ魔法植物を含めたゴミを捨ててはいけないところに放置したのはシフルトである。

悪事が露呈し、グレゴリオをはじめとした教員陣に滅茶苦茶怒られた。しかも、そのやり口が悪質だと、叱責《しっせき》だけに留まらず、成績にマイナス査定を告げられた。

挙句《あげく》、トドメとばかりに捨てた場所の周囲の掃除や、しばらくの間雑用を命じられてしまったのだ。

シフルトが捨てたのは、病気や発育不良で使えないと判断されたマンドレイクだった。

捨てた時は弱りすぎていてほとんど悲鳴は上げなかったが、袋の中で微妙に声がしていて、不気味だった。だからと言って、適当に投げ捨てていいものではないが。

マンドレイクを専用のゴミとして出すように指示したのはグレゴリオだった。

校舎から少し離れた専用の施設で焼却するのだが、学園の敷地が広いため、距離があった。

シフルトにとって魔法や錬金術に関する単位は数少ない得意分野である。運動系が苦手なので、ここで良い点を取れないと、成績にダイレクトに響く。

それなのに、彼は横着をした。その結果がこれである。

ちなみに、逃げた捨てマンドレイクたちはシンの畑で増殖中だ。

彼らはシフルトが捨てたゴミの中にあった使用済みポーションの瓶に少しだけ残っていたものを啜り、なんとか生き延びた。そして、好みドストライクの土の気配を感じて、シンの温室に大移動してきたのだ。

温室の土はポーションだけでなく様々な肥料を使っているし、日当たり良好で温度も最適だった。のびのびと育ちすぎて、他所の植物の場所を奪い取ってシンのブチギレ案件にまで発展する程度には、マンドレイクたちは元気だった。

「とりあえず、お前が掃除の続きをしろよ！　マンドレイクがまだ全部見つかっていないんだ！残りはお前が責任を持って捜せ！」

(やなこった)

シフルトの理不尽な要求に対し、心の中で舌を出しつつも、シンは笑顔を崩さない。

「それはオウル伯爵子息が先生方に言いつけられた罰では？」

任意で手伝うならともかく、擦り付けるのはアウトだろうと、シンは呆れてしまう。

しかし、シフルトはシンが素直《すなお》に命令を聞かなかったことが気に食わなかったようで、顔を真っ赤にして憤慨《ふんがい》する。

「なんで俺がそんな雑用をしなくちゃならないんだ！　そんなの使用人の仕事だろう！」

びしっと指をさされたシンは、きょとんとするだけだ。

「それは私がシフルト・オウルへ与えた罰であり、任された仕事を放棄した挙句、散らかした者が、当然負うべき責任だ」

シンが口を開くより先に、地獄から這い出たような低音で言い返したのはグレゴリオだった。

あれだけ大声で騒いでいたので、教師が来ることを予想していたシンは、さして驚かない。

だが、それを予想しておらず、後ろめたさも気まずさもてんこ盛りなシフルトは、飛び上がった。

「反省が足りないようだな――また評価を減点されたいのか？」

声は静かだが、グレゴリオの目には激しい怒りが渦巻《うずま》いている。

危ないものを投棄した生徒に注意したのに、全く反省していない。挙句に、罰を別の生徒に権力を使って押し付けようとする現場に遭遇《そうぐう》したのだから、当然である。

真っ青になってしどろもどろのシフルトを、グレゴリオが冷たく見下ろす。

教師としても、一人の大人としても、シフルトの狼藉《ろうぜき》は見逃せないと、その目が語っている。

「え、あっ、その、うわあああああー！」

シフルトは抵抗したが、問答無用でシンが先ほどまでいた部屋に連れ込まれる。

間違いなくお説教コースだろう。

生温い視線を送りながら、シンは自分の授業へ向かうのだった。

第三章　白マンドレイクを食べよう

授業は無事終わり、シンとレニは学食でランチをしていた。

二人を見るなり、カミーユとビャクヤがわっと走り寄ってきた。

「最っっっ悪やった！　野外学習のキャンプ地、あの湿地の上流やった！　アホみたいに蛙が飛び交う中で寝泊まりとか、酷いと思わん？」

シンが何か言う前に、ビャクヤはぎゃんぎゃんと不満を垂らす。

散々酷い目に遭《あ》った湿地に二度も行く羽目になったのだ。ご愁傷様としか言いようがない。

チキンピラフを食べていたシンは、「ドンマイ」と、添えてあったウインナーをフォークで一本突き刺して、ビャクヤに差し出す。

半泣きのビャクヤは「そんなんで誤魔化されへんよ」と言いつつも、ちゃっかり食べている。

彼は更にレニからも魚のソテーについていた、人参のグラッセとナゲットを恵んでもらっていた。

一方カミーユは、蛙地獄をそれほど気にしておらず、ビャクヤが愚痴《ぐち》って不貞腐《ふてくさ》れている間に、今日の日替わりAランチセットであるハンバーグプレートをゲットしてご機嫌だ。

「過ぎたことを引きずっても意味がないでござるよ」

「せめてもの救いは、俺らはビッグフロッグどもの習性を知っていたから、アホみたいにバクバク食われんかったことやな」

「何人かは馬を降りた傍から襲われていたでござるしなー」

酷いチームは、助けては食われてのエンドレスループをずっと繰り返していたという。

フロッグ系は基本丸呑みスタイルで、咀嚼はしない。

呑み込まれても早めに助ければ生存しているし、怪我も少ない。ただし、口内の粘液でネバネバになるが。

とはいえ、フロッグの大口攻撃の集中砲火は非常にしつこい。シンも似たような覚えがあるので、容易に想像できた。

「蛙ばっかりだったのか。あの解毒剤、役に立った？」

「某たちではなく、別の班が使ったでござる」

「万一の備え的なモンやったけど、ちゃんと効いとったよ？　評価とるためにデカい魔物に無茶な勝負を挑んだアホがおったんよ。そのやらかした馬鹿のせいで、途中で訓練学習どころじゃなくなってもうたけど」

湿地の中でも、半分水の中というスーパーアウェーな環境で戦いを挑んだ命知らずがいたそうだ。

飛んで火にいるなんとやらである。

当然ながら、様々な魔物——中には毒持ちの蛇や蛙もいる——に、ガンガンに襲われたそうだ。

件《くだん》の生徒は危なくなってから周囲に助けを求め、教員だけでなく他の生徒も総出で救出にあたる羽目になったという。

なんとか魔物たちを撃退したものの、残ったのは大量の魔物の死体と、ぐっちゃぐちゃになった湿地。

テントを張る予定だった場所まで魔法攻撃などが被弾し、持ってきた道具がいくつも壊れた。二次災害・三次災害と、不測の事態の玉突き事故状態だった。

また、大量の魔物の死体の臭いに誘われて更に別の魔物が寄ってきて、後始末も大変だったそうだ。

マジックバッグを持っている者はいなかったので回収はできないし、レニのように土魔法で大穴を作って埋めることもできないため、死体の始末も手作業だ。

さすがに自力で素材を持って帰る猛者はいなかった。皆それよりも、一刻も早い安全と休息を求めていたという。

一部の生徒が欲を出したせいで、とんでもなく予定は狂い、騎士科の野外学習は散々なものになった。

ビャクヤも愚痴りたくなるというモノだろう。

思い出し怒りなのか、彼の尻尾がぶわっと広がり、耳が神経質そうに動いている。

シンだって、団体行動でそんなことをやらかす馬鹿がいたら、助走をつけて殴りたくなる。

「何そいつら、馬鹿なの？　アホなの？」

「シン君……」

あまりにバッサリと言うシンに、レニは苦笑する。ビャクヤは否定どころか「お馬鹿さんでアホタレなんよ」と重ねて同意した。

カミーユは話よりハンバーグに夢中で、頬袋いっぱいになるくらい口の中に入れて、ランチを堪能している。

ビャクヤもようやく少し落ち着いて、メニューを選びに行ったが、人気のAランチセットはすでになくなっていた。

彼は代わりにおススメメニューである兎《うさぎ》のリゾットを選んで戻ってくる。

「この兎って、野兎なんやろか？」

「ボーパルかギロチンバーニィじゃない？　あれの方が危険度は高いけど、量も取れるし、向こうから寄ってくるし」

実に和やかなランチタイムだったが、そこでシンはふと気づく。

ランチタイムの食堂は、様々な生徒が集《つど》っている。大抵が仲の良い学友である。女子グループだってたくさんいた。

そんな中、シン、ビャクヤ、カミーユたちのグループは男性三人に対して女性はレニ一人だけだ。

「レニさ、女子同士で仲良くしたい子っていないの？」

「……タニキ村でちょっとトラウマになってて」

「あー」

遠い目をするレニに、思い当たる節がありまくるシンは、頷くしかなかった。

聖騎士という名のアバズレ集団によって、タニキ村の風紀は大変乱れた。

リーダー格のキカを中心に、彼女たちは初心《うぶ》な田舎男を次から次へと手玉に取って遊んでいた。

しかも、フリーの男性ではなく、既婚者や恋人のいる相手ばかりを選んでいたから、一層性質《たち》が悪かった。

それだけに留まらず、真面目に仕事をしようとしていた同僚のアンジェリカやレニを虐めたり邪魔したりと、キカたちの酷い振る舞いは多岐《たき》にわたった。

そんな女性の集団に疲れたからこそ、レニは割とドライなシンや思考回路がシンプルな腹ペコ属性のカミーユとは付き合いやすいのだろう。

ビャクヤとは初対面の時に一悶着《ひともんちゃく》あったが、湿地の一件からはかなり打ち解けたように見える。

(シフルトには相変わらず心の壁がそびえ立っているけど)

掲示板に出ている名前を見ただけでも、レニの目は冷え切っていた。

勉強の出来は知らないが、基本の生活態度がいささかよろしくないお坊ちゃまである。

一応、学園では生徒は平等と謳《うた》っているので、貴族だからといって、平民の生徒に表立って権力で威圧するのは愚かな振る舞いだ。

だが、それをやってしまうのがシフルト・オウルである。

いくらダイエットしても、中身は残念なままだった。

一足先に食べ終わったシンは、水を飲みながら「そういえば」と切り出す。

「久々にシフルト・オウルに会った」

良い報告ではないが、またレニに付き纏ってくるかもしれないので、念のため伝えた。

「え、アイツですか？　最近静かになったと思ったのに、またですか？　というより、シン君のことが苦手だと思ったのに……」

レニは相変わらずシフルトを徹底的に拒絶している。名前を聞いた瞬間、顔が歪んだ。

「僕が先生に呼び出されたのを、勝手に叱責だと思ったらしくってね。わざわざせせら笑いに来たよ」

顔から拒絶の表情すら抜けて、レニはスンッと無表情になった。

また一段とシフルトとの心の距離が広がった気がしたが、ありのままの事実なので、訂正はしない。

もとはと言えば、シフルトの傲慢《ごうまん》で高圧的な態度が原因なので、シンは特にフォローしなかった。

ビャクヤも呆れつつも、やや含みのある表情で笑う。

「なんや、性格ネジくれとんとちゃう？　嫌やわぁー」

「ビャクヤに言われたら終わりでござるな！」

明るく断言する内容ではないのにバッサリ言っちゃうカミーユに、ビャクヤは凄まじい勢いで振り返った。

「おぉん？　なんやて？　ん？　俺の耳がおかしくなったんやろか？」

「おかしくなってないでござるよ！　ビャクヤは性格悪いでござる！」

カミーユは悪気なく、快活に言ってのける。

結構酷い部類の悪口であるが、シンもレニもビャクヤのちょっと歪んだ性格は知っているので、フォローはしない。

「カミーユ、お前、ちょぉ面貸《つらか》しや？」

ビャクヤだけがご機嫌斜めだ。ここではんなりといなせばいいのに、裏稼業みたいなモードになっている。外面は良いはずのビャクヤだが、最近ますますガワの作りが雑になっていた。

「シフルト……ずっと消えていればよかったのに」

レニがしみじみと言うものだから、一瞬シンたちのいるテーブルだけ木枯《こが》らしが吹きすさんだ。

ビャクヤがその空気をどうにかしようと手を無駄にバタバタさせて、話しはじめる。

「えー、あーっ！　オウル伯爵んとこの坊ちゃんやろ？　ちょい前に王侯貴族のボンボンたちが腹下した事件あったやろ？　それに巻き込まれて、最近まで腹がピーピーに下ってトイレから出られんかったらしいで！」

まさかのシフルトも、タバサの被害者だったようだ。

グッジョブタバサ——すでに領地に帰ってしまったが、彼女の愚行《ぐこう》のおかげで、レニの心の平穏は束の間《つかのま》ではあるが守られたのである。

「あ、そうだ。調合の貸し、今日返してもらっていい？　あの面白大根を運ぶのはともかく、引っこ抜く作業が面倒なんだよね」

「ああ、温室の手伝いやろ？　ええで。蛙乱舞の湿地に比べればどこも天国やわぁ」

「錬金術部はなしでござるか？」

シンの要望にビャクヤは素直に頷いたものの、カミーユは少し名残惜《なごりお》しそうだ。

「おい、ダアホ。誰のせいでこないな労働対価が発生したと思うとるん？　俺の素材を半分、レニちゃんのを全部パーにしたのはお前やろ」

ビャクヤはまだ根に持っているらしい。

あの解毒剤は、手元にないと授業の評価が下がる大事なものだったそうだ。

野外訓練は準備段階から評価査定が始まっており、横着して用意していなかったら、最初からマイナススタートになるのだ。

「今回は調理用の大根の収穫。別口の納品もあるけど、これを機に大根を全部抜こうと思って」

シンの認識では〝動く大根〟程度だが、世間では立派な高級食材であり、稀少な魔法植物である。

レニは、先日も満月草《まんげつそう》の畝が白マンドレイクたちに無残に略奪されて激昂《げっこう》していたシンを見ていたので、黙っていた。

奴らはちょっと油断していると、「やぁ」と増えているのだ。貴様はドクダミやチガヤやスギナやススキかと突っ込みたくなるくらいの繁殖力である。

凄まじい生命力を持つこれらのグリーンギャングほどではないと思われるが、マンドレイクは若干知恵があるし、動くのが厄介だ。

（ビャクヤ君、まだ一度も目撃していないですよね……）

レニの記憶では、彼はあの愉快な植物を見ていないはずだ。

カミーユは食欲旺盛《しょくよくおうせい》な気質もあって完全に野菜扱いしていたが、果たしてビャクヤはどういう反応を示すだろうか。

◆

シンに案内されて温室にやって来たビャクヤは、こんなところに温室があったのかと、少々驚いた。結構オンボロかと思いきや、中は意外と綺麗だ。

広さはあるが、シンが小まめに世話をしているから、植物はどれも生き生きと緑を茂らせている。

ビャクヤは学園内にあるもう一つの大きな温室を思い出して、確かにあそこでは育てられない作物が多いな、と納得する。

一応あちらにも、稀少な素材になる植物もあるものの、貴族の道楽のように美しい花々ばかり育てられていて、見た目重視感が否《いな》めない。

「ビャクヤとカミーユは、あっちにある大根をとって。僕とレニはこっちの月《つき》トマトを収穫するから」

月トマトとは、所謂イエロートマトである。真っ黄色ではなく、クリームイエローくらいの淡い黄色の品種だ。ちなみにこちらの世界には、定番の赤以外にもピンクや紫、青のトマトがある。

トマトの栽培は調合用などではなく、ただ単にシンが食べたいから育てている。レニも好物で、畑仕事終わりにおやつとして齧っていたりする。

実はかなり育成の難しい品種もあるが、スキルとポーションのおかげか、すくすく育っている。

鬱蒼と葉が茂る一画を収穫するように頼まれたビャクヤは、大根らしき植物を発見して近寄っていく。

「お、美味そうな大根やなぁ。ええ太り具合やし、煮つけるんがいいか……」

彼が手を伸ばしたところで、がさりとその大根が避けた。

一瞬止まるビャクヤ。

気のせいかと思い、彼は大根の上部に大きく茂る葉を掴んで引っこ抜こうとした。するとそれは、今度は「いやん、えっち！」と言わんばかりに、大根にあるまじきうねるような仕草でビャクヤの手を避けた。

「dふぃごy8hぷ9じこーp@!?」

ビャクヤはすっ転びながら声にならない悲鳴を上げた。

その隣で、カミーユは全く気にせずズボズボ抜いていく。もちろん、大根は取られる直前にグネグネと悩ましげに体をくねらせまくっている。

抵抗虚《むな》しくカミーユに抜かれた大根は、どれもこれも絶妙にセクシーポーズを取っていた。だが、籠《かご》から溢れて地面にごろりと落ちた大根たちは、すぐさまダッシュで別の畝に逃げようとする。

「ああっ！　待つでござる！」

逃げ出す大根に慌てているカミーユだが、大根が動くこと自体は全く不思議と思っていない様子だ。

ビャクヤはもう色々とついていけなかった。

「ちょぉ待て、カミーユ！　なんでその大根、走っとるん⁉」

「え？　そういう品種なのでは？」

「普通、大根は走らんわ！　脳味噌の代わりに石ころでも入っとんのか？」

「別に魔物を食べるのは良くあるでござるよ～。ボアも兎も、よく食卓に出てくるでござる！」

「確かにそうやけど、俺の中の常識では大根は走らんの‼」

この世界では魔物が食卓に上がることは良くある。むしろポピュラーな食材の一つだと言える。屋台で売っている串焼きは家畜ではなく、冒険者ギルドから卸されたボア肉がメジャーだ。わざわざ遠方の畜産農家から仕入れるより、魔物であれば新鮮なものが安定的に手に入る。

「つーか、これ何なん⁉」

「シン殿はマンドレイクと言っていたでござる」

「それ、声がヤバい奴やん」

だが、調合の代わりに請け負ってしまった農作業の手伝いなので、今更逃げられない。

青くなるビャクヤを放置し、カミーユは耳当てや耳栓《みみせん》もなしに、どんどんぶち抜いている。

その様子からして、どうやらこのマンドレイクは悲鳴を上げないようである。

ここで逃げて、シンやレニからの信頼を失うのは、非常に痛い。

二人は普通科だが、下手な魔法科の生徒より優秀だし、こちらが何かしなければ、大人しく勤勉な人柄《ひとがら》だ。カミーユは剣術などでは頼りになるものの、調合や魔法系はからっきし。

腹を括り、ビャクヤはマンドレイクを引き抜いた。

相変わらず「イヤ～ン」と言いたげな、ちょっと気怠《けだる》い顔でセクシーポーズだが、悲鳴はない。

ビャクヤはさらに何本も抜いていく。

たまに気の抜けたような声を上げるものはあったものの、実害はない。

むしろ面倒なのは、地面に落としてしまった時に他所の畝に逃げようとすることだった。


しばらくして、無事に疾走する大根《白マンドレイク》の収穫が終わり、ビャクヤは古びたベンチに座り込んだ。

肉体的な疲労感より、メンタル的な疲弊《ひへい》が大きかった。

ビャクヤとカミーユの奮闘《ふんとう》があって、目ぼしいマンドレイクはなくなったと言える。収穫したものは既にシンに預け、マジックバッグの中だ。

マンドレイクは土の気配さえなければ普通の大根のように大人しいので、地面から完全に引き剥がしてしまえば、扱いは簡単だった。

「お疲れ。ありがとうな」

シンが差し出したカップの中身はただの水だったが、魔法で作った氷が入っている。

ひんやりとして、労働後の火照《ほて》った体に染みわたる。

生き返るような心地になりながら、ビャクヤは一息ついた。

カミーユは傷物のトマトを食べていいと言われて、喜んでバクバク食べている。

発育速度が速すぎて割れてしまったトマトは、地味に多くある。残ったらグラスゴーとピコの餌になるはずだったが、カミーユの食べっぷりだと、なくなりそうだ。なお、綺麗なものは錬金術部に持っていくつもりだ。

カミーユは、妖《あや》しく蠢《うごめ》き、走り回るマンドレイクに対して、何も感じていないらしい。ちょっと鬱陶しいくらいにしか思わなかったのだろう。

レニもシンも毎日のように目にしている光景なので、気にしていない。

「シン君、あの大根どもなんなの？　たまにごっつ足が速いのがおるんやけど」

一人ダントツで疲れているビャクヤが、しみじみと尋ねた。

「白マンドレイクってやつ。なんかここの土が合うらしくて、増殖してさ。あいつら、下手すると他の畝の作物まで引っこ抜くから……つーか、足が速いのまで出てきたのか」

このままだと、更なる変異種が発生しそうである。というか、その前兆が見られる。

普通のマンドレイクも、命がけの強行軍をして歩き回ることがあったが、白マンドレイクは基本メタボリックで、牛歩以下である。移動時の俊敏《しゅんびん》さはあまりない――が、フィジカル強めのマンドレイクがいた。

「あれ、マジで美味いん!?　食って腹壊さへん!?　呪われへん!?　毒あらへんの!?」

「安心しろ。あんなんでもマジで無害だし、美味い」

意外とデリケートなビャクヤ坊ちゃまは、アクティブな魔法植物にかなり腰が引けていた。実物を目の前にしてドン引きしている。それでも、調理すると言ってしまった手前、マンドレイクを避けることはできない。

覆水盆《ふくすいぼん》に返《かえ》らず。たとえ安請《やすう》け合《あ》いだろうが、久々の日本食に期待するシンは、この約束を反故《ほご》にさせる気はなかった。

シンのお料理スキルはど平凡だった。

切る、煮る、焼くということはできるが、主なレパートリーは、シンプル系かアウトドア系料理だった。出汁《だし》の利いた繊細《せんさい》な味付けなどは知らない。

タニキ村にいた頃は、隣家のジーナに頼りきりだった。

彼女の料理目当てに、差し入れという名の袖《そで》の下《した》は欠かさなかった。

だが、基本ジーナの料理は洋風である。取り扱う調味料もそうだし、そもそもティンパイン王国の文化が西洋系に近いものだから、当然と言えよう。

若い胃袋は脂質・糖質に強いが、それでも故郷の味は食べたいものだ。ただ、シンは自分で作るほどには興味がなかった。

何しろ、普通に普段食べるものも美味しかったから、そこまで不便を感じていないし、料理に没頭するよりも優先したいことが山積みで、後回しになっていたのだ。

そんな中、棚ぼた的にやってきたこの機会を、彼が逃すはずはない。

ビャクヤの後ろでほくそ笑むシンを、レニは微笑ましそうに見る。

「シン君ご機嫌ですね」

「ほーへほはふは？」

口いっぱいにトマトを頬張るカミーユは、首を傾げる。良くも悪くも空気が読めないのだった。

◆

錬金術部に持ってきた白マンドレイクは、相変わらず悩ましげなポーズであった。

箸が転がっても面白いお年頃というか、基本男子生徒は下ネタのストライクゾーンが広い。それはもう笑い袋がはじけまくっていた。

だが、女子生徒は別の意味でギラギラしていた。

「シン君……これってもしかして、白マンドレイク？」

「温室に自生していた大根です」

「わかったわ」

これは稀少な魔法植物の白マンドレイクではなく、大根だということになった。

別にシンは違法に入手したわけではない。マンドレイクが勝手にシンの温室に移住してきただけだ。出所を問い詰められても、しらばっくれる。

白マンドレイクは普通のマンドレイクほどメジャーではない。レアリティが高い分、お目にかかる機会はめったにない。日持ちさせるために魔法薬に漬けたり乾燥させたりしたものや、量り売りしやすいように粉末状に加工されたものが比較的目にされる。

こんなでっぷり艶々の生き生きとした鮮度抜群は、そうそうなかった。

「これって、すごく美容や健康に良いのよね～」

「食材にしても生薬《しょうやく》にしても、高いですからねー。これ、何十年ものなのさ……こんなに太って」

リエルとジーニーがまな板の上の鯉《こい》ならぬマンドレイクを眺《なが》めながら、会話している。

セクシーポーズを取っていようが、顔が付いていようが、二人ともお構いなしである。もはや食すという選択肢以外はない。

教師に報告する気は一切ない。レアな食材を食べる気満々である。

包丁を片手に「ウフフ」「アハハ」と、笑みがますます深まっていく。

圧倒的な三大欲求の波動の前に、心なしかマンドレイクの顔が怯えているように見える。

「で、これどう料理するん？　とりあえず俺は煮つけを考えとるんやけど」

ビャクヤが問うと、キャリガンが答える。

「白……ではなく、この大根は鮮度がいいから、生でもいけるだろうね。ピクルスと、サラダは定番かな。ちょうどトマトもあるし、ドレッシングも作ろうか」

話の流れに乗っかり、他の部員も次々と案を出した。

「付け合わせや副菜的に、おろして肉や揚げ物にのっけてもいいですよ」

「じゃあこっちはスープでも作りましょうか」

「確か冷蔵庫に鶏肉とボア肉あったよな。それも揚げるか焼くかしようぜ」

「パンチ強めのメニューが増えそうだし、いっそのこと、パンやお米の用意でもしようかしら？」

錬金術部員たちの食欲が火を噴いている。

山積みになっていたマンドレイクが一本、また一本と減っていく。

軽食レベルではなく、ガチ食事レベルの料理が出来上がりそうだ。

皆がエプロンの中、ビャクヤは割烹着姿《かっぽうぎすがた》で持参した調味料を広げている。誰も気にしないが、シンだけは懐かしくも笑えるような、微妙な気持ちになった。

自分で得意だと言っていただけあって、料理の手際《てぎわ》は良い。

人参を飾り切りしたり、面取りや隠し包丁を入れたりと、色々と下準備をしている。

「ビャクヤ、なんでござるか、このブルブルした石みたいなのは」

つんつんとこんにゃくをつつくカミーユは、微妙な表情であった。

確かに、こんにゃくは単品だとあまり美味しそうには見えない。

腹ペコ属性のカミーユにしては珍しく、食べ物に対する扱いではなかった。みょうちきりんなモノがあると、顔に書いてある。

「こんにゃくや！　ヒノモト侯爵家《こうしゃくけ》は家名や功績は引き継いでも、その他は全部捨てとるんか？」

ビャクヤは同郷の友人に非難めいた視線を向けた。

「うちに入った異世界人は初代の一人でござるし、ビャクヤのところと違って、テイラン文化に染まり切っているでござる」

「あんなぁ、ヒノモトっていう名前の由来わかっとる？　特別なお国なんよ？　高度な文明を持つ国やったそうや。その土地とこっちの召喚魔法が相性ええから、異世界人はそこの出身者が多いからなぁ」

「某は跡取りとは関係ないスペア以下でござるから、そこまで教育は受けていないでござるよ～。歴史を勉強するより、剣でも振っていた方が役に立つでござる」

「高位貴族の言うこととちゃうやん？　ヒノモトはテイランでも中央貴族やろ」

「テイランという特大の泥船から脱出した身でござる。恩恵より面倒が多いでござるからなぁ。某も母も、手切れ金すらもらえなかった妾腹《めかけばら》以下の扱いでござるよ？　その手のことはビャクヤの方が詳しいでござる」

「使えるもんは使え言うたやん……ナインテイルが冷遇されとるのは知っとるやろ？」

「ビャクヤはまだテイランの連中を見返したいでござるか？　迂闊《うかつ》に近づけば、足や尻尾を掴まれて一緒に泥船行きでござるよ？」

「……俺らにもプライドっちゅうもんがあるんよ」

「某はそんなものより稼ぎが欲しいでござるぅ～。持ち出した貴金属を売って糊口《ここう》を凌いでいるでござるが、いい加減底をつきそうでござる」

カミーユとビャクヤが泥沼臭い会話をしていたので、シンはそっと距離を取っていた。

テイラン国は相変わらずきな臭いし、出身者の二人の言い草は随分と酷いものだ。

だが、稼ぎと聞いて思い出す。

「そういえば、この前の湿地で狩ったレッドアリゲーターなんだけど、オークションで売れたから、冒険者ギルドで報酬貰えるよ」

面倒になりそうだから、具体的な金額は言わないが、二人はギョルンと凄まじい勢いで振り返った。

「あれって、シン君のほぼソロ狩りやん。ええの!?　マジええの!?」

カミーユは予想していたが、ビャクヤがここまで反応するとは思わなかった。

シンは若干困惑しながら答える。

「いいってば。今後もパーティ組んだら全部平等に分配な。歩合制にしたら面倒だから」

「シン殿、恩に着るでござるうううう！　この前の湿地の実習で武具がちょっと……」

「見事に腐敗したような異臭になってな……布と革製品はカビだらけや！　そうじゃないのは蛙の体液や粘液でヌルヌルギトギト！　時間の経過とともに悪化の一途！　自前のもんはほぼダメになってもうて！」

特に獣人であるビャクヤは嗅覚《きゅうかく》が鋭いので、まったりと熟成した異臭を放つ道具一式を使い続けるのがつらく、買い替えることになったという。

爪に火をともすような生活になる直前だったそうだ。

学園からのフォローがあると思いきや、これもまた学習ということで、支給はなしらしい。一応、学園からの武具のレンタルは可能という措置があったが、それを断って実習時に自前の物を使ったので、自業自得《じごうじとく》と言われてしまったのだ。

学園は貴族家や豪商出身者が多く、そうでなければそういった家のバックアップを受けて入学している生徒が多い。

カミーユとビャクヤはそれなりの名家出身だが、家のバックアップが受けられない微妙な立ち位置である。彼らにとっては、一張羅《いっちょうら》をダメにされたダメージは大きかった。

食いつくように二人に詰め寄られたシンは、面食らってしまう。

「いや、その……騎士科には洗浄系の魔法使える奴いないの？」

「騎士科は脳筋か派手好きが多いんよ……生活魔法を覚えるくらいなら、使える可能性の低い魔法剣の修練をするような奴ばっかや」

「現実を見ろよ」

冷ややかに言い放つシンに、ビャクヤは首を振る。

「お坊ちゃまが多いねん！　あと見栄《みえ》っ張《ぱ》り！　それかアッパラパー！」

「なんでアッパラパーで某を見るのでござるか⁉」

シンの視線に声を上げるカミーユだが、ビャクヤは「だってそうやろ」と、口を尖《とが》らせる。

カミーユは平民寄りの金銭感覚をしていたものの、食い気に負けてしょっちゅうカツカツになっている。気のよい少年であるが、ややおバカさんなのだ。

「それより鍋、いいのか？」

「あ！」

シンの指摘に、ビャクヤはバッと慌てて身を翻《ひるがえ》す。吹きこぼれはじめていた鍋を慌てて開けた。ぎりぎりセーフである。

シンはカミーユと共に後片付けや、足りなくなった食材の臨時調達などをしていた。

細々動いていたので、実食の時間になると、大分お腹が減っていた。

サラダ、漬物、炒め物、煮物、汁物も透き通ったコンソメスープとポタージュ、味噌汁の三種。大根を主菜にした料理以外もあった。揚げ物類や、ステーキ、ハンバーグまでもある。そこでは薬味の大根おろしとして活躍している。

パンやご飯は好きなものを選ぶようだったが、シンは迷わずご飯を選んだ。

汁物は味噌汁、おかずに煮物と炒め物、そしてサラダをチョイスした。

男子の人気はステーキやハンバーグに集中していたが、シンは地味なものを食べたい気分だったのだ。

味噌汁の具は白マンドレイクと豆腐、煮物は人参、鶏肉、里芋《さといも》、牛蒡《ごぼう》、椎茸《しいたけ》、餅巾着など——馴染みの味がして落ち着く。

シンが器用に箸を使うのを見て「シン君、お箸を使えるんやね」と、ビャクヤは嬉《うれ》しそうだ。

こちらでの食器の主流はナイフやフォークである。

カミーユやレニも箸を使おうとしたが、二本の細い棒では上手く摘《つ》まめず、四苦八苦していた。

「別に無理して合わせなくてもいいけど」

「そやで、カミーユもレニちゃんも。食事は楽しく、美味しくが一番やろ」

使える二人にそう言われても、目の前で華麗《かれい》な箸捌きを見せられると、真似をしたくなるらしい。

そんな中、ビャクヤはシンが煮物をお代わりして嬉しそうに黙々と食べているのに気づいた。

「シン君、それ気に入ったん?」

「うん」

シンが素直に頷くのを見て、ビャクヤの耳がピコピコと動く。やけにニコニコとした笑みを見たシンは、牛蒡を咀嚼しながら警戒レベルを上げた。

「また討伐や調合のお手伝いしてくれたら、作ってもええんやで？」

「討伐や調合の難易度によって、要相談」

「……カミーユやったら特に考えず即決で承諾するんやけどなぁ～」

やはりそう簡単にはいかない相手である。

メインは煮物だったが、シンは他の料理もしっかり堪能して、お腹いっぱいになった。

久々に食べた味噌や醤油、昆布や鰹節《かつおぶし》による和風出汁の風味をたっぷり味わい、ご満悦《まんえつ》である。

余った料理は、各自で持って帰ることになった。

（あ、夕飯の分あけておくんだった。入らないな、これ）

腹八分目どころか、はち切れんばかりに食べてしまったシンだった。

◆

エルビア有数の人気を誇る高級レストランで、やんごとなきカップルが料理に舌鼓《したつづみ》を打っている。

料理の素晴らしさもさることながら、それを引き立てる周囲の環境もまた一流に相応《ふさわ》しいものだった。

真っ白なクロスの上には磨き上げられたカトラリーや皿。給仕は皆丁寧で的確。

流れる音楽はオーケストラの生演奏だ。しかしメインは食事であり、音楽ではないので、音量は抑え気味である。同じく照明も間接照明のランプで、室内全体を柔らかな明かりが照らし出す。

これらは全て、料理に一番に集中してほしいという店側の配慮であり、味に自信がある証拠だ。

片やティンパイン王国の第三王子ティルレイン、片や大貴族である公爵家《こうしゃくけ》の令嬢ヴィクトリア。上流階級の人間が多くいる店内でも、特に高貴な二人であった。

「ん～、このシャクシャクとした歯ごたえ！　溢れ出すなんとも言い難い玄妙な旨味！　さすが、ヴィーのオススメのお店だけあるな！」

「気に入っていただけたようで何よりですわ、殿下」

サラダをつつきながらご満悦のティルレインに、ヴィクトリアがそつなく対応する。優美に微笑む様は、まさに淑女の規範と言えよう。

二人ともカトラリーを扱う所作《しょさ》は見事なもので、育ちの良さが滲《にじ》み出《で》ている。

「この白いのはなんだ？」

蕪とも大根ともちょっと違う気がする。それとも新たに品種改良されたものだろうか。

歯ごたえを堪能するように咀嚼していたティルレインが問うと、待っていましたとばかりにヴィクトリアはにっこりと微笑む。

「マンドレイクですわ」

「ふぐ!?」

答えを聞き、ティルレインは思わずむせそうになる。

ちょっと変なところに入りかけて、ドレッシングの香辛料がツーンと来た。喉と鼻の奥の微妙なところが強烈に痛む。彼は涙目になって水を飲み干す。

予想通りの反応だったのか、ヴィクトリアは悶えるティルレインをうっとりと眺める。

ティルレインは記憶の中の――正確には学園にいた時に見たマンドレイクの姿を思い出した。

引っこ抜こうとした対象を特殊な叫び声で気絶させ、時には死に至らせる危険な植物だ。その習性ゆえに、触れる時は叫び声をシャットアウトする耳当てや耳栓が必須である。

そして、その姿は人面人参である。不気味にくすんだ肌色がなんともおどろおどろしい。赤っぽかったり緑っぽかったり、黄色っぽかったりと、土壌や育て方によって色味は若干変わるが、基本的に鮮やかさや爽《さわ》やかさとは無縁の不味《まず》そうな色をしている。

間違っても、こんな純白ではない。

しかも、大抵老人のようにシワシワしていて、この世を憎悪しているか嫉妬《しっと》しているかのような恨みがましい顔をしていることが多かった。

それらの理由から、声以外に害はなくとも、ティルレインには苦手なものとして分類されていた。

「正しくは、白マンドレイクという稀少な魔法植物ですわ。珍重されていて、薬の材料にされてしまうのがほとんどですの。それゆえに、その美味しさはほとんど伝わっていません」

「うむ……確かに美味しい。王族の僕でも食べたことないと思う」

「お薬の材料としてなら、多分昔口にしていらっしゃると思いますわよ？」

幼少期は病弱だったティルレインのために、国王夫妻はあの手この手で色々な医師や薬師を招いていた。そして、薬となる素材も惜しみなく入手していた。

床に伏せることが多い王子のためにと、大分甘やかした結果が、今のアッパラパーである。

このアッパラパーは性根は悪くないが、その朗《ほが》らかで温かすぎる性格ゆえに、トラブルホイホイでもあった。

「でも、そんな稀少な物が、なんで料理になっているんだ？　フェルディナンド兄上は大雪の影響で国際的に薬が高騰していると言っていたけど」

「そうですわね……〝国際的〟には需要が高まっていますけれど、少なくともティンパイン――特に王都エルビアはそれほど不足していませんのよ。冒険者ギルドに定期的に高品質の薬草を大量に納入してくれる者がいるそうですの」

「そうか、他国には悪いが、我が国が困窮《こんきゅう》していないのは良いことだ」

「どうやらこの白マンドレイクを含め、数多《あまた》の薬草の栽培に成功しているようですの。サラダに入っている星《ほし》トマトもその一つですわ」

星トマトは、その名の通り普通のトマトとは違って多数の突起があり、星のような形をしている。コロンとしている姿は金平糖《こんぺいとう》にも似ている。そのままでもいいが、切り方によって色々なバリエーションも楽しめる。

ちなみに、このトマトはその複雑な形と糖度の高さから病気にかかりやすい上、虫や鳥にもよく狙われる。害虫害鳥は温室栽培でなんとかなるものの、病気が非常に厄介であった。

「素晴らしい才能だな。しかし、強欲な商人や貴族に目を付けられなければいいが」

心配そうなティルレインは、その〝誰か〟が、一方的に親友認定している年下の少年冒険者だとは知らない。

「ご安心を、もう国が保護しておりますの。何かしたらこうですわ」

にこやかにヴィクトリアがそう言って、白魚《しらうお》のような手でスッと首を横切らせるジェスチャーをした。所謂、首チョンパである。

ティルレインも、それがどういう意味だと聞くほど世間知らずではない。

「そうか。我が国の人材は他国から狙われていると聞くからなぁ。シンもそうだが、有能な人材は大事に保護すべきだと思う」

ウンウンと鷹揚に頷くティルレイン。

現在、加護持ちや特殊なスキル持ちはますます珍重されて、保護が強化されている。勝手にどこかに連れて行くことは大罪だ。犯罪者はきちんと裁かれるべきだ。

ヴィクトリアも「そうですわね」と微笑んで同意した。あの少年は、ティルレインを調教できる数少ない人物だと、彼女は認識している。

ちなみに、芸と秋の女神フェリーシアの加護を持つティルレインには、最近になって唐突に縁談が増えていた。精神的な問題で療養中のため、本人は知らないが、ヴィクトリアはその情報を入手している。

ヴィクトリアという婚約者がいるというのに、なかなかに太い根性をした連中だった。

もちろん、王家はそれらの縁談を断っている。ティルレインの性格をわかっており、しっかりとフォローできる気質と、ホワイトテリア公爵家という、王子に釣り合う身分を持つヴィクトリアを選んだのだ。

「最近シンに会ってないなぁ。学園に通っているんだろう？　会いに行こうかな！」

シンは間違いなく、ティルレインが視界に入った途端《とたん》に、失望と共にゴミムシを見る視線を向けるだろう。

「おやめくださいませ、このスカタン殿下。彼は静かな学園生活を送りたいと願っていますのよ？　今の身分は、あくまでドーベルマン家が青田買いした学生《こども》。そんなことをしたら、向こう一年くらい無視されましてよ？」

下手に同意したら、明日にでも学園に行ってしまいそうなのがこのティルレインである。時折、とんでもないフットワークを発揮する。大抵ろくでもない結果もセットとなるのが、残念王子たる所以《ゆえん》だろう。

「でも会いたいよぅ」

めそめそしながら、口を尖らせる。お行儀の悪い動作だという自覚はあったのか、ヴィクトリアの視線に気づいて、さっと口を引き結んだ。

「ではドーベルマン伯爵家に先触れを出して、連絡を取っていただいたらいかがかしら？」

「……チェスターが素直に通してくれるかな？」

「ドーベルマン伯爵はきちんと正規の段取りを踏んで要請すれば、蹴りませんわよ」

下手に動いて勝手に会いに行ったら、特大の雷が落ちる。

浅はかに「ちょっとだけ」と横着をした方が、後で大事《おおごと》になる。ティルレインはいつだって詰めが甘い。

ヴィクトリアの重ねた念押しもあり、ティルレインは「わかった」とこっくりと頷いた。

この素直さは美徳だろう。

社交界は欲望の魔物が跳梁跋扈《ちょうりょうばっこ》し、悪意と猜疑《さいぎ》が飛び交っている。美しく、華麗、そして苛烈《かれつ》に陰惨《いんさん》な世界だ。

相手の心を疑うという労力を割かなくていい分、ティルレインの相手は気楽だ。

そうは思いつつも――

（絶対に言ってやりませんけどね）

――口には出さないヴィクトリアだった。

淑女然とした振る舞いをしていても、彼女の性格は苛烈である。

それをヴィクトリアらしさだと鷹揚に受け入れられる男性はそうそういないと、彼女自身わかっている。猫を被って相手に合わせていれば、それなりに良好な関係は続くだろう。

その場合、ヴィクトリアは家の中でも外でも仮面を被り続け、鬱屈《うっくつ》した感情を燻《くすぶ》らせることになるが。

「ヴィー、今度ドルチェッタ・ノイアーで季節のパイが出るんだ。苺のパイ、好きだろう？　一緒に行こう！」

「あら、悪くないお誘いですわね」

アンポンタンのくせに、意外と自分の好物を覚えていたりする。ここがティルレインの憎めないところだ。なんだかんだで、女性には基本優しく、紳士である。

世の中には男尊女卑を平気で振りかざす男性も少なからずいる。基本、継嗣《けいし》に男性が多いのも要因の一つだろうけれど、だからこそ紳士たれと教育されるのも事実だ。

そもそも性別という一点で相手を尊重するか軽んじるかを決める時点で、底が知れている。

ヴィクトリアの友人たちもこの手の悩みは実は多く、結構耳にする。

(でも、テイランに生まれなかっただけマシだわ。あそこは男尊女卑の上、随分と爛《ただ》れているもの)

力こそ正義。戦争に強い自国こそが最も優秀だと疑わない者たちで溢れかえっていた。

ゆえにテイランでは、強き者は色に溺《おぼ》れようとも許されるし、暴虐《ぼうぎゃく》も許されるという風潮《ふうちょう》があった。

社交界でテイランの貴族と顔を合わせた時に、露骨に外見で値踏みされたことがあった。

(あの国はエスコート以前の問題でしたわ。ダンスも独りよがりで、リードもできていなかった)

もちろん、公爵令嬢として振る舞っていたその時のヴィクトリアは、顔には出さなかった。

彼女がそんな苦々しい思い出を掘り返しているとは知らず、ティルレインは陽気に告げる。

「ヴィオとホワイトテリア夫人も誘おう！　苺フェアで特別なビュッフェもやっているぞぅ」

「そこんとこがダメダメですわ、殿下」

何故に妹と母親も同伴なのだ——と、ヴィクトリアは眉間に皺《しわ》を寄せる。

確かに二人もスイーツ好きだから、間違いなく喜ぶだろう。

しかしここはヴィクトリアと二人きりで行くべきところだ。彼女とティルレインは婚約者同士に戻ってはいるが、ちょっと前のいざこざもあって、今はちゃんと交流を深めるべき時である。対外的にも仲の良さをアピールするのは大事なのだ。

家族を蔑《ないがし》ろにされるのは論外だが、ちょっとデート気分を楽しみたいお年頃のヴィクトリアだった。

「ホワイトテリア公爵も誘いたいところだけど、聖女様に魔法で虫歯を治癒《ちゆ》できないか頼み込んでいたから、今は誘わない方が良いだろうしなぁ」

「殿下。そのお話、詳しく」

ティルレインもそうだが、歯医者を嫌う者は多い。だからといって、国のお抱え聖女に何を頼んでいるのかと、ヴィクトリアは思わず半眼になる。

その夜、ホワイトテリア公爵家で緊急家族会議が行われ、公爵家の柱たる当主が妻と娘たちに吊し上げを食らうことになった。

時には騎士たちを指揮し、貴族たちを取りまとめる立場であるとは思えぬほど、公爵はしょんぼりとして、妻にコテンパンに怒られた。

そして後日、妻に監視をされながら、泣く泣く歯医者に行くこととなるのであった。

◆

ホワイトテリア公爵家の家族会議が決定した頃、ドーベルマン伯爵家は修羅場と化していた。

久々に戻ってきた脳味噌筋肉系男子の息子たちが、シェフ力作のポトフを食い尽くしたのだ。

ポトフを楽しみにしていた母のミリアは大激怒。

もちろん、その具材の一つに白マンドレイクも入っていた。

アイチエイジングの鬼であるミリアは、白マンドレイクが美肌に良いと知っていた。

王侯貴族の間では割と有名である。過去に疫病で全身を蝕《むしば》まれ、醜悪《しゅうあく》な姿になってしまった姫を
も治した薬の一つだという逸話《いつわ》があるからだ。

そして、そんな稀少な白マンドレイクであるから、ほとんど料理に使われることがない。

だが、ティンパイン公式神子がふらりとやってきて「珍種ですが美味しい大根ができました」と
置いていったのだ。シンは相変わらず、ミリアの喜ぶ贈り物を的確に選んでくる。

シェフたちは白マンドレイクの調理は初めてだったが、シンは大根だと断言するし、外見も比較
的それに近いので、とにかく料理を作ってみた。

ミリアはスープだろうがサラダだろうが煮物だろうがなんであれ、とにかく幻の美の食材に舌鼓
を打つのを楽しみにしていたのだ。

それが、突然帰ってきた馬鹿息子たちの餌食《えじき》になった。

チャンバラごっこで庭を抉《えぐ》るだけでは飽き足らず、彼らはつまみ食いと称して鍋を一つ空にして
しまったというわけだ。

「貴方たちは‼　加減というモノを知らないのですか⁉」

ミリアは涙目で詰め寄る。

人妻だろうが、不惑《ふわく》を超えた母親だろうが、常に美しくありたい乙女の心を持っていた。

そして、立派に成人した後でも、子供の頃と同じ失敗をやらかす息子たちに、頭も痛かった。

「あのような稀少な食材、二度と手に入るかわからないのに！」

「お、奥様……落ち着いてください」

普段おっとり穏やか、そして強《したた》かなミリアが、感情を露《あら》わにしている。

それに対して、使用人たちはオロオロするばかりだ。

息子たちは顔立ちこそチェスターに似ていたが、揃ってミリアと同じ若草色の瞳を受け継いでいた。

すっきりした短髪の大柄な方が兄のリヒター。

少し癖のある黒髪をツーブロックにしているのが弟のユージンだ。

二人とも揃って見事に平手打ちの痕をほっぺたに張り付けている。そのうえ、身を縮めて正座している姿は、やや滑稽《こっけい》である。

だが、二人が騎士寮などで生活を始めるまではよく見られた光景である。

古参の使用人たちは「お坊ちゃまたち、またかよ……」と思っていたが、顔には出さない。使用人としての教育は行き届いていた。

「こんなチキンとビーフの味すら間違える馬鹿舌に与えていいものじゃないのに！」

ミリアもチェスターもちゃんと頑張って食育したが、息子たちはといえば、肉は美味いで一纏めな残念な結果にしかならなかった。遺伝子が悪い方向に悪戯《いたずら》を起こしたとしか思えない。

吠えるミリアを、シェフが慌てて宥《なだ》める。

「奥様、まだ残っております！　シン君からは二十本以上貰っております！」

「そうです、まだ十分すぎるほどに余裕があります！」

「そう二十本しか残って——え？　二十本？」

その一言で、ミリアの涙は引っ込んだ。

そして、彼女はしょんぼりしている息子たちを見た。反省はしているが、またやるに決まっている。

「……いいえ。ダメじゃない、いい年した大人が摘まみ食いで鍋を空にするとか」

母ミリアはやはり厳しかった。

そもそも事前連絡もなしに実家に帰ってきて、親への挨拶より先に厨房を漁《あさ》るなど、完全にアウトである。

年端《としは》のいかない子供ならともかく、二人とも軍役従事している立派な騎士である。

こんなのでも、いざ戦場となれば勇猛《ゆうもう》な姿を見せるというのだから、世の中わからない。

対して、ぷんすか怒るミリアは、どう見てもこんなでかい図体の息子がいるとは思えない美しさと可憐さだった。

だが、彼女の口からもたらされた宣告は、リヒターとユージンにとっては絶望的なものだった。

「チェスターが戻ってきたら、こってり絞ってもらいますからね！　もう！」

チェスターのマジ説教は、国王すらビビり上がる代物《しろもの》だ。

リヒターはそっとミリアを観察する。

老化への反逆ぶりは年々凄まじさを増しているが、久々に会った母は、以前より若く見えるほどだった。

もとより白い肌には、透明感がある瑞々しい輝きがあり、頬は薔薇色《ばらいろ》である。

「母様」

「なんですか、リヒター。言い訳は受け入れませんよ」

「なんか危ない魔法や薬に手を出したり、乙女の生き血を啜ったりしてませんよね？」

リヒターの言葉に、ユージンは「え!?」と声を漏らし、母と兄を見比べて徐々に顔色を青くしていく。

リヒターの懇願すら感じる確認を受け、ミリアがぴしりと止まっていた。

長年付き合いのある使用人たちには、奥様の怒りがぐらぐらと煮え立つ音が聞こえた気がした。

せっかく収まりかけていたミリアの怒りの温度が、一気に沸点を超え、レッドゾーンになる。

「母様！　いくら若作りに必死だからって、悪魔に魂を売るなんて！」

ユージンの余計な言葉がトドメになった。

二秒後、泣きながら縋ってくるユージンと、真面目に問い詰めてくるリヒターの無事な方のほっぺたに、新しいモミジが出来上がる。

「本っっっ当に、どこにデリカシーを置いてきたの！　この馬鹿息子！　腹!?　私のお腹の中!?　かっさばいて出てくるんだったら、今からでも取り出したいわ!!」

ミリアは無性にチェスターとシンに会いたくなった。

いつだって彼女が最も美しく、可愛らしいと言い、その美への努力を称賛する、よくできた夫。

彼女の美への探求心に理解の深いプレゼントや言葉を的確に突いてくる、末息子ポジションのシン。

二人に会いたい。

実の母親を、禁忌《きんき》を犯した犯罪者や魔物扱いしかける、失礼なお馬鹿に荒らされた心を、癒したい。

社交界の権謀術数《けんぼうじゅっすう》より、アホ息子たちの相手の方に疲労を覚えるミリアだった。

◆

後日、やけに鬱々とした空気を纏いながら、執務に向かうチェスターがいた。

執務室に遊びに来ていた国王グラディウスは、「サボんな」と威圧する元気もない幼馴染の姿を目にして、思わず侍従に聞いた。

「どーしたんだ、うちの宰相殿は」

「ご子息たちがお家に久々に顔を出されたようで……」

彼らの所属する騎士団が討伐や遠征、国境の警邏《けいら》などを終えて、久々に帰還したらしい。二人とも悪い青年ではないものの、ティルレインに負けず劣らずお馬鹿さんなのだ。

騎士としては優秀だし、軍略では抜け目のない有能さを持っているが、プライベートはポンコツなのは、グラディウスもよく知っている。

伊達《だて》に家族ぐるみの付き合いを何十年としているわけではない。

（確かに外見は二人の容色《ようしょく》を引き継いでいるけど、中身はなー……中身がなー）

ティルレインもフローラルな脳内をしているが、レディにあそこまでデリカシーのない言動はしない子である。

知略家二人の息子がアレであれだと、誰が思うだろう。

ちょっとチェスターを労《いたわ》る気になり、グラディウスはおサボりをやめて自分も執務に戻ろうと部屋を出る。

しかし、扉を開いた瞬間、微笑に覇王《はおう》のオーラを乗せてハリセンを構えた王妃に、首根っこを掴まれた。

信用のない国王は、王妃に連れ戻されたのだった。

第四章　学生の本分

学《まな》び舎《や》で青春を謳歌する若き学生たちには、試練の時がある。

それは何か？

ずばりテストである。

ティンパイン国立学園にも、漏れなく試験がある。

前期後期に各一回ずつが基本だ。

無事入試をクリアした一年生たちが、学園に慣れはじめた頃に、前期試験がやってくる。

普通科以外は必修科目での総合試験結果が貼り出されるが、普通科は単位ごとの順位が掲出されるだけだ。何せ、普通科の生徒たちは好きにいろいろ授業を選んでいるので、一律の結果を出しにくい。

貼り出されるのは、だいたい上位二十位から百位まで。学科の生徒数によって規模も変わる。

もちろん個人にも結果が通知されるので、少なくとも自分の順位はわかる。

ちなみに、試験があまりに酷い結果だと進級できないし、二回以上留年すると、退学対象にも検討されるシビアな一面もある。

病気や怪我、途中での学科変更や留学などで留年するのはともかく、サボりまくって単位を落とした者は、即刻叩き出される。

しかし、意外と留年は珍しくない。何せ、騎士や冒険者を目指す生徒の中では実習や、依頼を達成しに行く過程で怪我をする者もいるからだ。

試験期間が迫る中、シンたちいつもの四人は、勉強のために空き教室に来ていた。

それぞれ教科書を広げ、各自向かい合っている。

図書館の方が良いのだが、あそこは既に他の生徒たちで飽和状態《ほうわじょうたい》に近い。たまに、一冊の本を巡《めぐ》って生徒たちが諍《いさか》いを起こすほどの混雑だ。

その辺の平民よりは豊かだが、貴族ではない商家出身者や下級貴族など、そこまでハイソサエティーに属していない微妙なラインの者は、図書館に多くいた。

ちなみに、王侯貴族レベルになると、専用のスペースやサロンを使用している。

図書館利用者は概《おおむ》ね普通の生徒なのだが、中には貧乏人は譲って当然だという態度も隠さない連中もいる。

それもあり、四人は本を取りに行くにはちょっと遠いけれど、長く使える空き教室に落ち着いた。

ここならば、図書室と違って話し声にも気を付けなくていいとか、机のスペースをいっぱいに使えるという利点もある。

「シン君とレニちゃんはともかく、問題はカミーユや。コイツ、実技以外ほんまにアホアホやねん」

「追試と補習をやればいいでござるよ！」

呑気なカミーユの言葉に、ビャクヤはますます頭を抱え、レニは白々と冷たい視線を向ける。薬草学の本を読んでいたシンも、呆れてしまう。

三人からそれぞれ歓迎されていない雰囲気だが、カミーユは気にしていないようだ。

「別にいいけど、その間は部活動出禁になるぞ」

「えっ」

錬金術部に出られない＝美味しくて安いご飯がもらえない。すぐさまその方程式が結ばれたカミーユは、シンの腕に縋る。

「イヤでござるうう！　ひもじいのは嫌でござるうう！」

「勉強しろ」

「某、長文とは和解できない体質で……」

「寮室でもトイレでもいいから、普段目に付く場所に、課題の出題範囲を書き取って貼れ。目に入る度に音読でもしてれば、多少は覚える」

読むだけならできるだろう。

ぺぺっと縋ってきたカミーユを振り払いながら、シンは一応アドバイスした。

普通に覚えられないなら、音読して体で覚えればいい。

シンとレニは基本的にコツコツやるタイプだ。ビャクヤは要領も地頭も良いのでなんとかなるが、カミーユは根本的にやる気がないのが問題だ。

実技は非常に優秀なのだが、座学が残念過ぎる。

「騎士科は座学にも必修科目があるんやから、覚えなあかんよ。せっかく、シン君のおかげで学生続けられるんやから、ちゃんとしい」

逃げようとするカミーユのポニーテールを引っ張り、ビャクヤは恫喝《どうかつ》じみた圧のある説教をする。

それを聞いたシンは、なんで自分のおかげで学生できるのかわからず、首を傾げた。

「え？　何それ」

「学費や。恥ずかしい話やけど、俺やカミーユは余裕がないんよ。武具の件でも助かったんやけど、一番ありがたいんは学費や。もちろん、奨学金制度はあんのやけど、全額免除となると、各学年の学科ごとに一人二人いるかどうかや。生徒の出来次第では、ゼロの年もある。校舎が三つあるし、学園全体では何十人もいるんやけど、ここには国内外からの優秀な若いのが集まっとる。座学だけや実技だけ優秀って程度じゃダメなんよ。両方でトップ張るくらいの成績が必要なんよ」

「レッドアリゲーターの報酬がなければ、後期の学費で詰んでいるでござる」

シンやレニは——色々間に挟んでいるが——ティンパイン王国が最大大手のバックボーンである。

特に学費は気にしたことがなかった。

しかし、ビャクヤとカミーユは結構きついらしい。

テイランはかなりヤバいと聞くが、カミーユと同様にビャクヤも実家を頼れないようだ。

「ホンマに助かったんよ、シン君」

ぽつんとこぼすように言い、ビャクヤが視線を落とす。

「しかも、俺らは騎士科や。普通科より高いねん。もちろん、それ専攻しとるだけあって剣術、槍術、弓術、馬術――まあ、いろんな訓練を受けさしてもらえるし、騎士の礼儀作法だけでなく、各国の貴族の作法も教えてもらえるから、割高なわけではないんやけど」

「学園は多国籍でござるし、教科書ではわからない地元の声も聞けるでござるからな。それに、現役騎士のOBからのリアルな声も聞けるでござる」

普通では難しい学費の価値に相応の教育が受けられるのだ。

「割と洒落《しゃれ》にならんのには、完熟マダムからのお誘いの断り方やな。新人騎士で顔のええのは狙われやすいらしいんよ。騎士側にはそんな気がなくとも、断り方次第で角が立ってもおっかないし、マダムの旦那にバレたら腕か首を刎《は》ねられてまう恐れがあるんや」

貴族は傭兵や冒険者よりも、騎士を雇い入れることが多い。その方が信用できるし、箔《はく》が付く。

だが、身分を振りかざしたハニトラともセクハラとも取れない事故に遭遇することもあるらしい。

彼らにとって、騎士科の生徒は、貴族の事情にもある程度は精通しているし、公式の場に連れて行けるだけの作法を身に付けているので、いろいろと便利なのだ。

（騎士って面倒くさそう……）

黙っていれば見目麗《みめうるわ》しいカミーユとビャクヤ。この二人にとっては必須スキルになりそうである。

シンは改めて普通科を選んで良かったと思ったし、冒険者のゆるゆるフリーダムさに拍手喝采《はくしゅかっさい》したかった。

余談だが、ドーベルマン伯爵家のご子息二人は、基本女心やムードを木っ端微塵《こっぱみじん》にすることに長《た》けているので、逆上した女性にバチンとビンタされることが多い。

そして、後日に騎士の身分を知って平謝りするのは、たいてい叩いた女性側である。

◆

試験が近づくにつれ、勉強の場所取りは難しくなっていった。

最初はシンたちくらいしか空き教室を使わず、密集状態の図書室で勉強をする生徒が多かった。

だが、だんだんとシンたちのように空き教室を利用する生徒が増えてきている。

寮室を使えばいいのではと思いながらも、複数でやることによる利点もあった。参考書の貸し借りや、わからないところを教え合ったりできるのだ。

空き教室を使う生徒が増えるにつれて、各派閥《はばつ》が縄張り争いを始めた。シンたちにとっては実に迷惑である。

そんな状況にたまりかねたシンがビャクヤたちに提案する。

「温室で勉強しよう」

「ええの、シン君？」

「寮室ではカミーユの勉強は見てやれないし」

「面目《めんぼく》ないでござる」

テヘッと笑うカミーユに、レニとビャクヤが同時に肘鉄を入れる。

ドッと見事に脇腹を抉る攻撃に、カミーユは蹲《うずくま》った。

「だいたい、なんで騎士科のカミーユより先にシン君が覚えちゃうんですか……」

遅々として勉強が進まないカミーユに、レニが溜息をつく。

「温室なら、カミーユが音読していても問題ないから。赤点だけは回避させよう」

この大詰めの時期になると、自分の勉強よりカミーユに詰め込むことが優先になっていた。

そして、なんだかんだで面倒見の良いビャクヤが、一番ガツガツ詰め込んでいる。

それに対して、ヒィヒィ言いながらも、カミーユはなんとか課題をこなしていた。

温室に移動して勉強を再開したシンが、しみじみ呟く。

「この状況で一番危機感ないのがカミーユなんだよなぁ」

「実技で挽回できれば、総合では赤点ではないですけど……」

「いや、必修落としたら無意味じゃん」

レニもこっくりと頷いた。彼女もはっきりとは口にしていないが、今抜き打ちで騎士科の筆記試験を受けさせられても、カミーユより良い点を取れる自信があった。

何せ勉強のBGMがずっとカミーユの音読だったので、嫌でも耳に入ってくる。

カミーユは放っておくと、舟をこぎ出す。動いているうちは寝ないので、素振りや走り込みをしながらひたすら音読をしていた。

下手に座らせると突っ伏して、寝息が聞こえはじめるので、苦肉の策である。

スクワットをしながら、カミーユが主要国の首都を読み上げていた。しかしついに体力が尽きたのか、膝をついて喚《わめ》きはじめた。

「酷いでござる！　なんでみんなしてこんなに厳しいのでござるか!?」

「「「カミーユのためだよ！」」」

奇《く》しくも、三人の声が揃った。

留年は基本的に不名誉で、良いことではないし、カミーユには留年するほどの金銭的余裕もない。

留年はデメリットだらけなので、着実に毎年進級しなくてはならない。

過去問をくれるような先輩がいれば、カミーユももう少し楽ができたかもしれない。

ちなみにシンは、学園出身者のルクスやティルレインと知り合いだった。

彼らは貴族科なので出題範囲が違うが、ルクスに貰った昔の教科書だけで、普通科の授業は十分カバーできた。

（ぶっちゃけ、普通科は貴族科よりも勉強がちょろいからなぁ）

冬場のタニキ村は吹雪《ふぶ》く日もあったので、家でできることは限られていた。半分娯楽として、シンは貰った教科書をみっちり読み込んでいた。

貴族は生まれながらに人の上に立つことを望まれるので、学ぶべき範囲が多い。教養の一つとして、歴史・地理、経営学、魔法や錬金術も含まれている。

（……前に貰ったのは、一学年から三学年用だけだったけど、残りもあるのかな）

ルクスのことだから持っているだろうし、欲しいと言えば快く譲ってくれるはずだ。

多分、シンが譲られたものが半分だけだったのは、六学年までの分はさすがに難しすぎると配慮したからだと思われる。

（んー、この世界に来て、自由時間は増えたけど、本に触れる機会が少ない。学園には当然たくさんの蔵書があるんだよなあ）

文明の差もあり、日本ほど本は庶民に普及していない。娯楽としては中流階級のもの以上だろう。

それに、学園にある本も、全てが読めるわけではない。

図書館の蔵書の中には、危険な魔法や調合についても記載がある。

素人が安易に試せば死人が出るものもあるし、そういった観点から規制がかかっている。学年や履修済みの単位によって、読むことができる本は限られているのだ。

◆

試験勉強――半分以上はカミーユへの詰め込み――を終えたシンは、寮に帰っていた。

試験勉強期間は、さすがに冒険者業はお休みしている。

試験には実技もあるし、いくらポーションや回復魔法があっても、出先で重傷を負って、昏倒《こんとう》などしてしまったら大変だ。

ソロでの活動は気楽だが、自分に何かあった時のリスクが高い。

机に向かって、今度は本腰を入れて自分の勉強をしようと思ったら、寮室のポストに手紙が入っていることに気がついた。

生徒が学園に行っている間に届いた郵便物を入れておくためにあるものだ。

(誰からだろ……)

シンは首を捻る。

タニキ村からの手紙は最近受け取ったばかりだ。

白い上質紙の封筒には、知らない封蝋《ふうろう》が押されていた。ティルレインから来る手紙とは違う封蝋だから、彼からではない。

封蝋の下を見ると、〝ルクス・フォン・サモエド〟とお手本のように綺麗な文字が並んでいた。

「ルクス様だ」

開いてみると、簡単な挨拶の後に、そろそろ試験期間ではないかと、こちらの状況を察する文面が続く。そして、とある制度についての説明が書かれていた。

(匿名制度《とくめいせいど》?)

基本的に、試験結果は貼り出されるが、本人の希望があれば名前を伏せられるらしい。

昔、学園内で派閥争いがあり、二大巨頭派閥の成績優秀者をぶち抜いて、無派閥の生徒がトップをかっさらった。それでプライドを痛く傷つけられた一部の生徒が、トップの生徒をやっかんだり虐めたりした事例があったそうだ。

そこで、本人の希望があれば名前を伏せるか、そもそも貼り出しの順位表に一切載せないようにするという制度ができた。

成績の貼り出しは、本来は生徒同士の競争意識を刺激して学習意欲を高めるためのものだ。

だが、下らない嫉妬で無辜《むこ》の成績優秀生が吊し上げになるのは望ましくない。一種の救済措置だろう。

なお、後で配られる個別の成績表には、ありのままの順位が記載される。

(レニにも教えておこうかな)

学園を平穏に過ごしたい。目立ちたくないコンビには、ありがたい制度だった。

特にレニは入学試験の実技だけで、シフルトという面倒な貴族に目を付けられている。

普通科のレニと貴族科のシフルトを比べること自体ナンセンスだが、貼り出されている結果を見て、勝手に張り合って絡んでくる可能性だってあるのだ。

(ルクス様にお礼をしよう)

シンはすぐに筆を走らせ、返事を書く。

当然というべきか、ティルレイン宛の手紙より、はるかに筆のノリが良かった。

翌日、レニに制度のことを伝えると、彼女は「そんな素晴らしい制度があるんですね!」と目を輝かせた。

試験に臨む態勢は万全だったが、ここでも目立ったら、また人に絡まれまくって厄介なことになりそうだと、密かに心配していたようだ。最悪、不自然でない程度に手を抜くことも視野に入れていたらしい。

ナチュラルに上位に入る自信があるあたり、レニもしっかり試験範囲の勉強をやり込んでいるのだろう。

シンとレニは、二人ともさっくり手続きをした——もちろん、一切情報を出さない方向で。貼り出されれば、空欄でも名を伏せても、そこから邪推《じゃすい》される可能性があるのだ。

◆

試験当日、朝っぱらからレニが厄介な人間に絡まれていた。

待ち伏せされていたらしい。

シンが「ストーカー？」と思わずこぼすと〝厄介な人間〟への周囲の視線は一層冷たくなる。

その招かれざる客は、シフルト・オウルである。

験担ぎなのか、真っ赤な派手なマントを羽織《はお》っていて、髪の毛がやけにテカテカして見事な七三に分けられている。余程たっぷりと整髪剤を塗りたくったのだろう。

「フハハハ！　レニ・ハチワレ！　ついにこの日が来たな！　俺様の実力を見せてくれる！」

すぐさま、後ろからグレゴリオ・プテラが凄まじい勢いでずんずん大股でやってきて、叱責する。

「うるさいぞ、シフルト・オウル！　それになんだその派手な格好は！　試験にはそれに適した服装で望むようにと通達があったはずだぞ！　魔法実技をそれで受けるつもりか！」

一教師として、一人の生徒に目くじらを立ててガミガミ言うのは不本意だろうが、シフルトは思春期ならではの恋愛暴走と傲慢さが妙な具合に暴発している。

どうせ卒業する頃には、真っ青になるほどのダルメシアン柄の自分の過去の所業に頭を抱えることになる。

せめて今のうちに制止してやるのが、教師として最善だろう。

「ふっ、少々体格が変わりまして、色々服を新調したんです。この新生シフルト・オウルに相応しい装《よそお》いに整えたまでです。この日のためのオートクチュールがようやく昨日届いたので！」

自慢げに話すシフルトに、シンは「アレ？」と首を傾げた。

そして、レニにコソコソと確認する。

「実技って、制服か指定の運動着だよな。不正防止のために、それ以外は事前申告が必要じゃなかったか？」

「そうだったはずです。一週間前までに預けて、検査を無事通過すれば当日返却されて、着用可能だったたと思います」

この世界には能力をブーストする魔道具や魔法薬がある。

当然、試験でも基本的にドーピングは禁止されていて、使用可能なものにも制限がある。

気休め程度の弱い物や使用者保護の目的の制御魔道具は許可されるが、暴走を引き起こしそうな物や、試験の結果が道具の力に依存しそうなハイレベルな物は却下される。中には、そういった武具性能も込みで行われる試験もあるが、少なくともシンの受ける試験にはない。

「シフルト・オウル。その着衣は昨日届いたそうだな？　そうなると、申請はできないはずだが？」

ゴゴゴと圧を増すグレゴリオから、シフルトが目を逸らす。しどろもどろになり、だらだらとわかりやすく汗をかいて動揺している。

先ほどの発言が事実なら、間違いなく何も申請していないだろう。

一張羅を没収されて悲嘆《ひたん》するシフルトの叫び声を背に、シンたちは自分の教室に向かうのだった。

「あれ、どうにかならないのかな」

シンの呟きに、レニが自分のことのように頭を下げる。

「すみません」

「いや、レニは悪くないけど。ただ、シフルトって、なんであんなに頭悪いんだろう」

口をついて出たその言葉に、周囲から苦笑が漏れた。

毎度毎度やる気が空回っているシフルトに、周囲も似たような考えを抱いていたのだ。

あまりにシンが的を射たセリフを言うものだから、我慢していたものが噴き出た。

レニもクスクスと小さく笑う。少し肩の力が抜けたようだ。

「正直、シン君がドーベルマン伯爵様のところに養子縁組などを望んで、貴族科に行っていたら、地獄でした」

「それだけは天地がひっくり返ってもないから、安心して」

タバサといい、シフルトといい、全部が全部ろくでなしとは言わないが、シンの貴族科生徒のヤバい人間遭遇率がちょっと悪かった。

一方、騎士科の教室では、ビャクヤがカミーユに最後の詰め込みを行っていた。

「ええか？　あんだけシン君とレニちゃんが手伝《てつど》うてくれたんや！　赤点一つ許さへんよ？　総合点数なんてクソ食らえや！　とにかく絶対に赤点だけはダメやからな！　ほな、次は各国の国旗と代表の王族・皇族の家紋を出してくから、答えるんや！」

普段ビャクヤが貼り付けているはんなりとしたガワは、見事にキャストオフしている。

「ひえええええ、なんで国と違うのもあるんでござるかああ！」

「玉座を持つ家が変わったり、革命でもなんでも、簒奪《さんだつ》が起きたりすれば変わるんや！　同じ王家の血筋でも、奪い合いは日常茶飯事《にちじょうさはんじ》やで！　実の兄弟で殺し合うのはテイランでもよくあることやろ！」

「ちょ、待って、喉まで出かかっているでござる！」

「押さえとるそこは胃や。喉っちゅうには下すぎるやろ」

ビャクヤは自分の勉強そっちのけで知識を叩き込む。

カミーユは半泣きで、唸りながら答えを出そうとしている。

そんな二人の会話が廊下まで響き、テスト用紙を持ってきた教師が「せめてこの一問が終わるまで待つか」と、ちょっとだけ優しさを見せるのだった。

◆

数日に及ぶ試験期間が終わった。

真っ白に燃え尽きたカミーユが、頭から白い煙を出して、脱魂状態《だっこんじょうたい》になっていた。

その隣でビャクヤが突っ伏している。

「終わった……テスト期間か、カミーユの学園生活かはわからんけど、終わった」

なんだかんだで最初から最後までカミーユのサポートをしていた面倒見の良いビャクヤに、レニとシンが声を掛ける。

「カミーユのお世話、お疲れ様です」

「ほんと、お前は良く面倒見たと思うぞ、ビャクヤ」

「某への労りは……？」

カミーユが物欲しげな目を向けるが、それは日頃の勉強をサボっていた彼が悪いので、二人は黙殺した。

机と仲良くしたままの今回の功労者ビャクヤは、くぐもった声で返事をする。

「俺はもう好成績は諦めたわ。ここまで関わってもうたし、カミーユが赤点取らなかったら、自分にたんまりご褒美《ほうび》をっちゅうことにしたわ」

シンだったら勝手に単位でもなんでも落とせと突き放していただろう。

「僕、ビャクヤは一週間くらいカミーユをパシリにしていいと思う」

「むしろ家庭教師として、契約を結ぶなどして今度からキチンと貰うものを貰うべきでは？」

なかなかに手厳しいシンとレニの提案に、カミーユが顔色を青ざめさせる。

同じ騎士科だったのが運の尽きとしか言いようのないビャクヤは、溜息とともに肩を竦める。

「二度とやりたかないわ。で、お二人は手ごたえどうなん？」

「ぼちぼちだね」

「まあまあですね」

それなりに解けたとは思う。赤点ではない手ごたえはある。

しかし、周囲がどれくらいできたかわからない以上、順位などの予想はできない。

「せっかく窮屈《きゅうくつ》な時間も終わったし、ぱーっと遊びに行く？」

シンの提案に、ビャクヤが「お、ええやん」と顔を上げる。

先ほどまで疲れ切った顔だったのに、若干血色が良くなっている。

「どこに行きましょうか？」

「肉！　肉食べに行きたいでござる！」

レニの問いに、カミーユが前のめりに反応した。

一方、ビャクヤはしみじみと呟く。

「俺は疲れたから、おまんじゅうや羊羹《ようかん》みたいな甘いもんがええなぁ」

「うーん、スイーツの店はあんまり詳しくないな。できれば、肉も甘味も食べられる場所、あるっけ？」

「レストランでもいいですが、種類の多さなら、バイキングやビュッフェがありますね」

色気より食い気。

実に学生らしい会話をしながら、四人は街に繰り出す計画を立てるのだった。

◆

試験最終日の翌日には、一斉に試験結果が貼り出されていた。

どれだけの生徒が匿名制度を利用したかは不明だが、掲示板の近くでは自慢げにしている者もいれば、拳を握り締めて俯《うつむ》いて去る者もいる。

シンとレニは己の成績がそこに記載されないとわかっているので、大して気にしない。

ビャクヤはカミーユに付きっ切りではあったものの、上位に名前があったそうだ。

ちなみにカミーユは、座学以外は全部五本の指に入る成績を維持していた。

「ギリ赤点は回避や！　これで追試の勉強を見ずに済む！」

「おめでとう、ビャクヤ」

「お疲れ様です、ビャクヤ君」

狐耳をぴょこぴょこさせながら、万歳しているビャクヤを、シンとレニが労《ねぎら》う。

「レニ殿、今思ったのでござるがなんで某だけ呼び捨て……？」

「日頃の行いですね」

レニにとって、カミーユは駄犬寄りの〝ござるワンコ〟だ。滲み出る残念な言動に、せっかくのイケメンも霞んでいる。

日に日にカミーユの扱いが雑になるブリーダー・レニだった。

カミーユは三人の前だと取り繕う気が全くないのが、それを更に助長させている。

「カミーユに掛かり切りやったし、あまり期待せんかったけど、思ったより良くて驚いたわ」

「あれだけ馬鹿犬のテスト対策に付き合ってれば、そりゃ覚えるよな」

「そやね……」

ふっと遠い目になるビャクヤである。

すぐにウトウトするカミーユを引っぱたき、よそ見をするカミーユを引っぱたき、腹が空いたとごねるカミーユを更に引っぱたき。

油断すると脱線するので、気が緩まない勉強時間だった。

カミーユも最初はやる気があるのだが、活字が並ぶ教科書やノートを開いた瞬間に、そのやる気は消滅して、猛烈な眠気に襲われるようである。

テスト勉強時間に何故か漫画を読んだり、掃除しはじめたりする――本来やるべきことをせず脱線する〝逃避エネルギー〟が炸裂《さくれつ》する典型だった。

「でも、二度とやりたないわ」

「某のことを見捨てるでござるかー!?」

「自力で勉強せえ！」

ぴしゃりと撥《は》ね除《の》けるビャクヤに、カミーユが涙目で縋る。

麗しい友情の成立はなかなか難しいようだ。

カミーユが最初から真面目に取り組み、やる気を出せば、結果も少しは違っただろう。

そんな二人を眺めつつ「平和だなぁ」と、麗《うら》らかな陽気に目を細めるシンだった。

レニも控えめに笑いながら、騎士科コンビのやり取りを見ている。

そんな彼女の背後に、不穏な足音が近づいてきていた。

相変わらずお呼びでないのに来る男、シフルト・オウルである。

不遜《ふそん》な笑みを浮かべ、いつぞや見た真っ赤なマントを纏っている。どうやら、試験期間が終わったので、無事返却されたようだ。

「レニ・ハチワレ！　見損なったぞ！　よもやどこにもお前の名がないとは！　やはり低能な平民などとつるんでいるせいで、すっかりその才能も錆《さ》び付《つ》いたようだな！」

見下そうとしすぎて、もはや見上げていると言っていいほど反り返っているシフルト。その顔は、侮蔑《ぶべつ》と嘲笑《ちょうしょう》で歪んでいる。

ずびしとレニとシンを指さし、ハイテンションで絡んできた。

どうやらシフルトは、掲示板の全ての順位を見てレニの名前の有無を確認してきたらしい。

「私の成績が、シン君と何故関係するんですか？」

振り返ったレニは、いつになく冷ややかだ。

そもそも彼女は、成績が掲示されないように手続きしたのだ。もし載っていたら、何かしらの不備があったということになってしまう。学生相談窓口に行かなくてはいけない。

「い、いや、だって成績が、その……」

木枯らしを超えて吹雪いているレニの極寒オーラに気圧されて、シフルトは途端に勢いを失う。

思っていた反応ではなかったのか、さっそく心がくじけている。

相変わらずその場のテンションで生きているシフルトは、少しティルレインに似ていた。

だが、ティルレインの方が素直で聞き分けが良いし、悪意もなかったので、苛立つことはあっても根に持つことはなかった。

「そもそも、私がどんな成績だろうが、貴方には関係ないですよね？　私の交友関係は、貴方に指示されなきゃいけないものではないですよね？　迷惑です！」

青い目にギラリと凄みを利かせて、レニがシフルトを睨む。

いつも曖昧《あいまい》な態度だった彼女が、いつになく怒りを露わにしていることに、シフルトはすっかり動揺していた。

先ほどまで騒いでいたカミーユとビャクヤは、打って変わってお口チャックとばかりに黙っている。キュッと口をしっかり引き結び、怒れるレニの関心を引かないように、気配を殺している。

シンは自分が口を開く前にレニがバッサリ言い返したので、傍観《ぼうかん》を決めた。

「あんなに人が集まっている中、貼り出されている試験結果の掲示物を全部見て、わざわざ、学科の違う私の名前をチェックしてきたんですか？」

一つひとつ丁寧に区切って強調しながら、レニが言葉を発する。

普通科は他学科より受けられる授業が多い。必修が少ない分、生徒の選択肢が多くあるのだ。全て確認するとなると、かなりの数になるはずだ。

なんとなくで目を通せる数ではない。目を皿のようにして探し尽くさねばならないだろう。

そしてレニは、最後に強烈なトドメを発射した。

「――気持ち悪い」

ありったけの侮蔑を込めた言葉と睥睨《へいげい》。

美少女からの蔑みは、一部の界隈ではご褒美だという。

だが、シフルトはそういった選ばれし変態の域には達していなかった。

デリケートな思春期の初恋を容赦なく木っ端微塵にする、一撃必殺の蔑みとなった。

つんとそっぽを向いたレニは、シンを引っ張って「行きましょう！」と、ずんずん歩いて行ってしまう。

カミーユとビャクヤもそれについていこうと、慌ててその背を追った。

◆

成績監視事件以降、レニはシフルトを汚物の如く毛嫌いしていた。

もともと好意的な感情は皆無だったが、いよいよそれを隠そうとしなくなった。

シフルトが話しかけようとレニの周囲をうろうろしても、露骨なほどの無視をする。

シフルトは、入学試験の時点でレニに目を付け、やたらと周囲に出没しては気を引こうとしていた。しかし、見事に的外れな話を振っていたし、時には地雷を踏むことすらあった。

今までのシフルトの言動を考えれば、レニの対応も当然と言えば当然だ。

蓄積した鬱憤が爆発した状態の彼女は、今までの弱々しい曖昧な対応が嘘のように手厳しい。

全く思い通りの反応が得られないシフルトの中で、焦燥がだんだん怒りにシフトしていった。

そして、その怒りの矛先は何故かシンに向かった。

その日、シンたちはいつものメンバーでカフェテラスに集まって、駄弁《だべ》っていた。

「解せない」

シフルトがレニに冷たくされるたびに、何故か彼から睨まれるようになったシンが、首を捻る。

もともとシフルトから目の敵《かたき》にされてはいたが、彼の中ではシンへの苦手意識が先に立っていた。

最近はそれを上回る敵意を感じるようになっている。

「あの選民主義のアンポンタンの思考回路は、わかりたかないわ」

ビャクヤが肩を竦めると、それに同意するようにカミーユも頷く。

「あるあるでござるよー。某、腐ってもまだ侯爵家の出身でござるし、ビャクヤはナインテイルの一族でござる。魔法や占術を扱う者ならば、覚えのある名前でござる」

カミーユは貴族、ビャクヤは高名な術師の一族として、シフルトに一目置かれていた。

「ああ、だから無名の平民の僕にヘイトが直行したと」

一番立場が低く叩きやすそうなシンに目を付けたということだ。

だが、実は王家から直接庇護《ひご》を受けている身のシンとしては、なんとも言えない気持ちになる。

「レニがシン君と仲が良いのも、面白くないんやろ」

フィッシュ&チップスに似た揚げ菓子を摘まみながら、ビャクヤが吐き捨てる。

この盛り合わせは、フライドポテト、野菜チップ、小魚フライ、ナゲットにクッキーやクラッカー、数個のパンと数種のソースとディップクリームが載ったパーティーメニューだ。

一人だと絶対に完食は無理だが、複数で食べるにはお得なメニューである。

別名、在庫一斉処分セット――微妙に余った野菜や果物、軽食類がランダムに調理され、ドカ盛りされる。

何が入っているかは、その時の食堂のメニュー次第。そのギャンブル性も面白がられ、生徒には人気のメニューだ。

運が良いと、ローストビーフの切れ端や生ハムなどが入っていることもあるという。

だが、基本は食材の無駄をなくすための物なので、品質の一定性は期待してはいけない。

「……本当に申し訳ありません」

カボチャチップスをもそもそと食べながら、レニが肩をすぼめた。

だが、彼女もむしろ被害者と言える。レニができるだけシフルトとの関わり合いを避けようとしていたのは、周りも知っている。

シンたちは口々にレニをフォローする。

「逆恨《さかうら》みの嫉妬だしな」

「レニちゃんというより、あのアホタレが一人で暴走しとるだけやろ」

「なんというか、悪手を選び抜いている感があるでござるなー」

ちなみに、レニは受講している全教科で満遍なく好成績を叩き出している。

もし成績がガクンと下がっていたら、教師から多少の注意が飛んでいた可能性もあるが、きちんとキープしている。

シンも同じく良好な成績を出していた。

錬金術部に入り、温室で薬草を育ててポーションを作り、ミリアへの美容液を作るだけあって、錬金術関連はレニよりも出来が良いくらいだ。

シンは魔法科の錬金術専攻を勧められた。良かったら移籍しないかという話もあったが、それは丁重にお断りしている。

「この野菜チップ、美味いな。今度は芋やカボチャも育ててみようかな」

野菜チップに手を伸ばしながら、シンが言った。

「カボチャでござるかー。畑では肉はとれないでござるしなー」

「畑のお肉と言えば、大豆やな！　お豆さんはええで、煮てヨシ加工してヨシ！」

「やけに食いつきますね、ビャクヤ君」

「そりゃそうや。大豆の可能性は無限大やでー。お揚げさんにすれば、餅巾着、お稲荷さん、焼きびたしや煮びたしもええし……」

レニに指摘されたビャクヤは、うっとりしながら、魅惑《みわく》の油揚げの世界を語る。

耳はピコピコッと上機嫌に動き、喜びを隠せない尻尾をわさわさ揺らしている。

（埃が立ちそうだな）

たっぷりとした毛量の尻尾を眺め、シンはこっそり思った。

ここは憩《いこ》いの場であるが、食事の場所でもある。

周りはまだ顔をしかめてはいないが、このままぶんぶん尻尾を振られては、気にする人も出てくるだろう。

耳や尻尾が揺れ動くのは、ビャクヤの獣人としての無意識の行動だ。それをなくせというのは、人間に楽しい時に笑うなと言うようなものだ。

だが、放置した結果、ビャクヤが不愉快な絡まれ方をするのは避けたいところである。

「ビャクヤ、あんまり尻尾を動かしすぎると、踏まれるぞー」

「んげっ！　あぶな！」

シンの忠告に危機感を覚え、ビャクヤはさっと自分の方へと尻尾を抱え込む。

たまに興味本位でふっさふさの尻尾を掴む生徒もいるし、獣人への偏見や差別を多少持つ者もいるのだ。たまにわざと踏もうとする人間もいる。

獣人の尻尾には、もちろん痛覚がある。むしろデリケートな部分なので、乱暴にされるのはもちろん論外だし、無闇に触られるだけでも不快だ。

「大豆は種になる豆が手に入ったら、やってみるか」

シンは大豆の味を懐かしむ。

（僕は枝豆の塩茹《しおゆ》でが食べたい）

枝豆は、熟成する前の大豆だ。塩茹でより蒸し焼きの方が美味しいという話も聞くし、食べ比べもしてみたいところだ。

最近は暖かさの中に、汗ばむ日も増えてきた。夏といえば、枝豆とキンキンに冷えたビールである。

もっとも、シンたちはまだ学生なので、アルコールは解禁されていない。

妥当なところで、麦茶かジンジャーエールだろう。

ビャクヤはシンの言葉に「ほんま!?」と目を輝かせている。

その喜びようを見て、レニはそっとシンの腕をつんつんとつつく。

「あの、シン君」

「ん？」

「場所、どうするんですか？」

「またあの大根どもを出荷すればいいだろ。全部引き抜いたと思ったのに、また増殖して……」

試験期間でちょっと目を離した隙に、白マンドレイクが増えていた。

世間では珍重されるべきこの作物は、シンの温室限定でススキやスギナ、ドクダミなどと同じ雑草に限りなく近い扱いであった。

ちょっとでも根っこが残っていると、しつこく蘇るアレである。

放置しすぎて、また育てている作物に悪戯されたらたまらない。

「レニ、もういっそ、土魔法でボコッと掘り返すとかできる？」

「あー、やっちゃいましょうかー」

タニキ村での開墾《かいこん》作業《さぎょう》に役立ったスキルが、再び大活躍の予感である。

大きな木の根っこが掘り返せたのだから、マンドレイクくらいなら楽勝だろう。

レニだって、ダンシングやランニングをかますマンドレイクの収穫作業は、手早く終わらせたいところであった。

シンたちはさっそく温室へと向かう。

レニだけでなく、カミーユとビャクヤにも手伝ってもらって、収穫作業はサクサク——とはいかなかった。

復活したマンドレイク群生地に、大人以上にデカいマンドレイクがそびえ立っていたのだ。

具体的に言えば、家庭用冷蔵庫くらい。お一人様用ではなく、ファミリーサイズである。

「何あれ」

「大きいですね……」

「いや、大きすぎるよ。なんであんなに大きいんだよ」

シンとレニがひそひそと話している後ろで、ビャクヤはドン引きして、顔を引きつらせている。

カミーユは最初びっくりしていたが、すぐに嬉しそうに騒ぎはじめた。

「実に食いでがありそうでござるな！」

ある意味鋼《はがね》メンタル。むしろミスリルメンタルである。

生物としての三大欲求が全てを凌駕《りょうが》した。

「デカすぎると大味になりやすいし、空洞化しちゃうことがあるけど……そもそもあれ、普通の野菜じゃないし」

一応突っ込んでおくシン。そもそも、根本的に気にするところはそこではないが、シンとカミーユの間では、白マンドレイクの分類は食べ物だった。

そんなシンの肩を揺すり、ビャクヤが巨大マンドレイクを指さす。

「シン君、シン君。俺の気のせいじゃあらへんのなら、なんやワッサワッサしとるんやけど」

「は？」

シンが振り向くと、巨大なマンドレイクはぶるぶると震えていた。頭を振り乱すように揺らしているため、葉っぱがバッサバッサと動いている。

四人が呆然とその様子を見ていると、緑色の葉っぱの間からにょきにょきと細い茎《くき》が伸び、小さな突起が出たと思うと、膨らんでいく。

それは花弁の先端だけが薄く紫に色づいた白い花を咲かせた。植物の成長を高速再生した映像のようだったが、実際は一分にも満たない長さである。

ぱっと花が散ると、花があった場所にインゲンに似た房ができた。

ふくふくと膨らんできたと思ったら、それがパーンと一気に弾けて、丸く黒っぽい種が飛ぶ。

土に種が落ちた場所からにょきにょきと双葉が生え、茎が太くなり、葉が大きくなって——あっという間にミニマンドレイクの出来上がりである。

それを見たシンは、ぴしりと凍り付く。

つい先日、根絶やしにする勢いで出荷した苦労が、無に帰したのが理解できた。

そして、シンの中で白マンドレイクは厄介者認定の侵略者となった。

ない。

「よし、燃やすか。地面ごと」

この世界に除草剤があるかわからないし、下手に散布すれば、他の植物に影響が出るかもしれない。

怒りとともに練られた魔力がシンの手の平に溢れて、異様に明るい炎となって燃え盛る。

「待ちや、シン君！　落ち着こ!?　な？　ここ温室やで!?　温室の中で火ぃ使うんは危険やろ！」

「全部地中に埋めても、種がついていたら復活しそうですしね」

ビャクヤが慌ててシンを制止するが、レニはレニで冷静にどうやれば効率的にマンドレイクを始末できるか考えていた。

「レニちゃんも、物騒な事考えんといてー！」

ビャクヤは助けを求めて残るカミーユを探したものの、いつの間にか消え失せていた。

「あの薄情者！　逃げおったな！」

ふぎゃーっと怒りで叫ぶビャクヤ。

ふと、背後に誰か立つ気配がして、そっちにいたのかと振り返って――――思わず半眼になった。

そこにいたのは、何故かほっかむりをしているシフルトである。

全くもってお呼びでない。むしろどこかに行ってほしい。できるだけ遠くに飛ばされてほしい。

「尾行した甲斐《かい》があった！　お前の悪事、見破ったり！　この平民！　魔物を勝手に飼育していたな！　先生に報告してやる！」

シフルトが、正義は我にありとばかりに騒いでいるが、それよりも冗談のような増え方をするマンドレイクが問題だった。

「忙しいので、後にしてください」

「今取り込み中なので、帰ってください」

シンとレニは全く取り合わず、如何《いか》に温室を壊さずマンドレイクたちを仕留めようかと議論をしていた。あれだけ大きければ、逃げ足も速そうだ。あまり暴れられても困る。

ダブルで適当にあしらわれたシフルトは、怒りと羞恥《しゅうち》で震えている。

どうやら、シフルトはあのマンドレイクが、一般的なマンドレイクからサイズアウトしすぎているので、魔物と判断したようだ。

面倒なことになっているらしいとだけは理解したビャクヤは、更に頭を抱える。

「……ふっ！　まずはその魔物から成敗してくれる！　食らえええ！　我が呼び声と魔力に集え！　白くそびえる冷氷の刃！　凍てついた一鎗《いっそう》になりて、敵を貫けえええ！　アイスランス！」

大きな声で詠唱したシフルトは、電柱くらいありそうな太い氷の槍を放とうとした。

だが、勢い余って魔力を込めすぎたのか、その氷の槍は出した傍から落下し、畝と作物をなぎ倒して潰しただけであった。大きく作ったのは良いが、飛ばすだけの魔力の余力がなかったのだ。

その場に、白けた空気が流れた。

冷え冷えとしたシン達の視線を感じ、シフルトはこほんと咳払《せきばら》いをする。

「我が呼び声と魔力に集え！　白くそびえる冷氷の刃！　凍てついた一鎗になりて、敵を貫けえええ！　アイスランス！」

今度は槍というより、矢ほどの小さいサイズだった。質より量で勝負するつもりなのか、大量に放つ。

だが、それは巨大なマンドレイクではなく屋根の方へ飛んでいき、巨大な穴を作った。暴投にしても酷い。

シンはすかさず「あとで被害請求するからな」と、はっきりと低音で通告した。

元は非常におんぼろだったが、何度も修繕して環境を改善した温室だ。

「ちょっと間違っただけだろ！」

「ひとっつもかすっとらんやん。なんやさっきから見栄はっとらん？」

ビャクヤの冷たく鋭いツッコミに、シフルトが目を泳がせる。

誤魔化すように、また詠唱を始める。相変わらずうるさい大声の詠唱であった。

「我が呼び声と魔力に集えーーーー!!　白くそびえる冷氷の刃！　凍てついた一鎗になりて、敵を貫けえええ！　アイスランスぅぅうう！」

再び誤魔化しの気配を感じた。

今度は氷槍の数が少なかった分、ちゃんとマンドレイクの方へ飛んでいった。だが、ぬるぬる動くマンドレイクはあっさりこれを避ける。

もともと何度も絶叫のような詠唱を唱えていたので、マンドレイクもシフルトの動きはわかり切っていた。

避けられると思わなかったのか、シフルトはぎょっと目をひん剥《む》いた。

一方、攻撃されたマンドレイクは怒ったのか、自分から地面から飛び出してくる。

そして、シフルトの方へ走っていくと「何すんのよ！」とばかりに華麗な回し蹴りを食らわせた。

驚いて棒立ちだったため、クリティカルヒット。見事に横っ腹に食らったシフルトは、「ぐふぅ」と潰れた声を漏らして吹っ飛んだ。

シンはそんなマンドレイクの軸足に足払いをかけて、すっころんだところでさらに葉っぱの部分を鷲掴《わしづか》みにして持ち上げた。

マンドレイクの習性上、地面に近いと元気に動き回るのはわかっているので、黙って頭上で振り回した。

高速回転して白と緑の残像になったマンドレイクは、すぐに抵抗の意欲をなくし、ぐったりとしたところでマジックバッグに詰められた。

「あとは雑魚《ざこ》の回収か……」

自分よりデカいマンドレイクを収納しても、シンはケロッとしている。ただ、ちょろちょろと小さなマンドレイクがいっぱいいるのを、億劫《おっくう》そうに見ているだけだった。

「今、マンドレイク振り回さんかった？　あれ、重さシン君の三倍くらいはあったと思うんやけど」

「コツがわかればイケルイケル」

平然と答えるシンを見て、ビャクヤは心に誓った。

（シン君に逆らうんはマジやめとこ）

その時、外から騒がしい音が聞こえた。

何かと思えば、カミーユがグラスゴーとピコを連れてきたのだ。

「シン殿！　グラスゴーとピコに引っ張らせれば、きっと引っこ抜け……あれ？」

どうやら、カミーユはカミーユなりにあのマンドレイクを引き抜く方法を思いついて、行動に移していたらしい。

「どうやって連れてきたんだ？　グラスゴー、僕以外には結構強情だけど」

「グラスゴーを引っ張ったら顔面を毟られそうになったでござるが、シン殿が呼んでいると言ったら、大人しくついてきてくれたでござる！」

顔面を毟るというパワーワードに軽く引くが、シンにはそれが冗談ではなくガチなのだとわかった。

そんな二人を横目に、グラスゴーは目についたマンドレイクをもっしゃもっしゃと食べはじめる。

結局、白マンドレイクはグラスゴーとピコに食べ放題してもらって、除草することにした。

シンから頼まれると、二頭とも喜んで食べた。

「で、これどうします？」

レニが〝これ〟と指さしたのは、伸びたシフルトである。相変わらずゴミを見る目である。一応は怪我人だというのに、シンたちの視線も冷たい。

「天井に穴が開いているでござる……」

「あっちも避けられた魔法が被弾して蜂《はち》の巣やで」

温室の惨状《さんじょう》に、カミーユとビャクヤが顔を見合わせた。

シンはうんざりした様子でシフルトを一瞥《いちべつ》する。

「とりあえず保健室に連れていって、被害請求だな」

シフルトは、実はマンドレイクに蹴られたろっ骨が折れて重傷だった。

シンは仕方なくポーション（ちょっと古くて劣化した液肥用）で治そうとしたが、それらは全て倉庫から消え失せていた。

どうやらあの急成長したマンドレイクは、動き回って倉庫に保管していたポーションを盗んで、あれほどの巨体になったようだ。

仕方なく、新しいポーションをシフルトに使うことになった。

マンドレイクたちは羨《うらや》ましそうに、シフルトを遠巻きに見ていた。

◆

その後、グレゴリオが状況を確認したいと温室を見に来た。

シフルトはやはり学園にこのことをチクったらしい。

シンは仕方なく、温室に案内して、グラスゴーとピコに貪《むさぼ》られている白マンドレイクたちを見せた。

「以前、マンドレイク等を不適切に破棄した生徒が問題になったでしょう？　その場所から近かったのか、自生するようになってしまって……なんかよく動く大根だとしか思ってなかったのですが、マンドレイクだったんですね」

シンはしれっと「知らなかったです」と言う。

だが、連れてこられたグレゴリオは、貴重な素材が野放しで転がっている状態を見て右往左往《うおうさおう》していた。

「あれは白マンドレイク⁉　あんな稀少なものを馬の餌にしているのか⁉　いや、あれは魔馬のデュラハンギャロップとジュエルホーン⁉」

「マンドレイクは欲しければ好きなだけどうぞ。ゴキブリよりしぶとく増殖しているので。あの二頭は僕の騎獣ですから、お気になさらず」

「いいのか⁉　貰うぞ⁉　本当に貰うぞ⁉　あとデュラハンギャロップの鬣も貰っていいか⁉　できれば、尾の方も！」

「ブラッシングで抜けた毛でよければ」

グレゴリオは無言でガッツポーズをすると、説教も忘れてウキウキと採取するマンドレイクを吟味しはじめた。

ちゃんと育てられている薬草にニコニコし、土や肥料の管理、水やりなど栽培法について議論を交わして、満足した様子で帰っていった。

それを見送ったあと、ビャクヤは言う。

「悪い人やなぁ、シン君」

「全部嘘というわけではないし」

人畜無害な童顔には、見送り用の笑顔が貼り付いている。

やたら平民を蔑み、威張《いば》り散らす問題児のシフルトに比べて、日頃は大人しくて勉強熱心な優等生シンは、教師からの信頼が厚かった。

それに、白マンドレイクはマンドレイクと違って叫ばないので、危険性はないため、違法栽培というのも適応されない――そもそも、養殖・栽培が不可能とされている。

魔力が強く、肥沃《ひよく》な大地と綺麗な水がある山や森の奥深くで見つかるかどうかという代物。そうそう一般の目に触れるものではない。

後日、グレゴリオに「根絶やしにするのはやめてくれ」と言われて、シンは白マンドレイクを学園公認で育てることになった。

どうやら、グレゴリオのポーションで育てても、白マンドレイクになる確率はいまいちだったようなのだ。たとえ白マンドレイクになっても、ややいじけ顔の人参サイズになってしまう。

シンのポーションでシンが育てると、ちゃんと白く肥えたわがままボディのセクシー聖護院大根系マンドレイクができる。

シンが謹慎や退学処分を食らうことを楽しみにしていたシフルトにとっては、大変納得のいかない結果となった。

第五章　シフルトの墓穴

その問題解決能力の高さの割に、シンは基本的に日常を愛するタイプで、マイペースで平穏を好む性質である。

スリルや刺激より、コツコツと堅実。ギャンブルによる飛躍より、地道に経験を重ねることをモットーにしている。

そんなシンが最近、けったいな人間に目を付けられて、平和な日常をぶち壊されつつあった。

その問題の人物はシフルト・オウル。

傍《はた》から見ればレニに片思いをしているのがモロバレなのだが、男子小学生よりデリカシーのないアプローチをしては撃沈・轟沈している。

シンは日本の頃を思い出す。真一としての学生時代、異国の音楽を学ぶ授業があった。

マザーグースの歌詞に、男の子と女の子が何でできているかという内容であるが、女の子が可愛らしいものであったのに対し、男の子はブラックジョークが効いていた。

なかなかに酷い歌詞だと当時は思ったが、今のシフルトを見ると、すんなり納得できてしまう。

タバサもアレだったが、シフルトも頭に血が上ると周囲が見えなくなるらしい。

迂闊な言動をして、周囲からガンガン顰蹙《ひんしゅく》を買っている。

「おい、シン！　お前のような落ちこぼれがレニ・ハチワレに相応しいと思っているのか⁉　普通科なんて底辺にいる学園の恥晒しが！」

読書をしていたシンに浴びせたその言葉で、シフルトは普通科の生徒全員を敵に回した。

この発言に、周囲にいた明らかに貴族科と思《おぼ》しき生徒たちが眉をひそめ、ご令嬢らしき女子生徒がこっそり広げた扇《おうぎ》の後ろから、彼をねめつけている。

シフルトは自分のヘイトを稼ぐという意味では天才と言える。

普通科は幅広く学べる分、生徒数も多い。武官・文官どちらを選ぼうか迷っている貴族子弟も多くいる。青田買い狙いや、自由に人脈を作りたくて、あえて貴族科に行かないパターンもある。

普通科の生徒でなくても、部活や派閥の繋がりで、普通科の先輩・後輩、友人がいる他学科の生徒は多いのだ。

「おい、聞いているのか⁉」

いい感じに場所が空いていたので、ゆっくり読書をしようとしたら絡まれた。最悪である。

シンは読んでいた本から視線を外さず、億劫そうに口を開く。

「僕とレニの交友関係は、貴方に強制されるものではないのですが？」

「お前が弁えないから、この俺様が教えてやっているんだ！」

(俺様とか言っちゃうんだ)

思春期にかかりがちな例のあの病気だろうか。

そのうち、ゴテゴテしたゴシックなシルバーアクセサリーをつけ、無駄に包帯を左手に巻き、片目が疼《うず》くとか、痛々しい言動をするようになるのだろうか。

ある意味青春と言える黒歴史の増産をしたいなら、一人で勝手にやっていてほしい。シンは静かに本を読みたかった。

「おい、聞いているのか！」

露骨なまでにぞんざいなシンの態度に、シフルトはますますヒートアップする。

最近は相手をするのも面倒だった。論破はできるが、時間が経てばまた同じ内容で噛みつきに来るのだ。

キャンキャンと甲高《かんだか》く、よく吠える小型犬のようなシフルト。

徒労になるとわかっているから、右から左にスルーしてしまいたくなる。

(そろそろどっか行ってくんないかな)

それを言葉に出したら、何十倍の言葉と声量になって罵声《ばせい》が飛んできそうだ。

だが、シンがそう思ってしまう理由があった。

「貴方こそ……やめろと何度も言っているのに、またシン君にイチャモンをつけに来たんですか？」

レニである。

一度切れた彼女は無敵だった。もはや我慢しないとばかりに、容赦なくシフルトを威圧して、怒りのオーラでぶちのめしていく。

シンは彼女にとって、護衛すべき対象だ。しかも彼の本来の身分は、シフルトよりずっと上のティンパイン王国の公式神子である。

王家直轄で厳重に管理された存在。神々の加護を持ち、ティンパイントップの庇護を受ける存在だ。

シン自身は極めてやる気がないが、やろうと思えば国王クラスの発言権を行使できる。

特に今は加護持ちの『神子』や『愛し子《いとご》』と呼ばれる者は、非常に存在感を増しているのだ。

だというのに、大嫌いなシフルトが、自分だけでは飽き足らず、上司であり友人であるシンにウザ絡みをして迷惑をかけるのは申し訳なく、不愉快極まりなかった。

「や、やぁ、レニ・ハチワレ。ご機嫌麗しゅ――」

「麗しく見えたのなら、お医者様に行くことをお勧めしますが？　心か目かは存じ上げませんが」

しどろもどろで挨拶をしようと試みるシフルトを、レニが鋭利《えいり》な言葉でバッサリと切り捨てる。

「それで？　シン君に何を言っていたのですか？　私の、大事な、友人に！」

軽くスタッカートが掛かるほど、強調されている。

もちろん、レニに先程の大声の内容が聞こえていなかったわけではない。

あえて自白させることにより、追い詰めるのだ。

シフルトは自分が高圧的な行動をする分には態度がデカいのだが、相手にされると途端に威勢が弱くなる。

手をもぞもぞと動かし、シフルトは視線を蛇行運転させる。やがて、キッと目を鋭くして――何故かシンを睨む。

「覚えていろ！　この下民が！」

わかりやすい捨《す》て台詞《ぜりふ》とともに、シフルトは逃げた。

レニがその背に「シン君に謝りなさい！」と怒声を浴びせる。

あっという間に逃げるには体力が足らず、シフルトは途中からよたよたとしていた。

それなりに小さくなった背中を見て、嘆息《たんそく》するシンであった。

◆

今日も今日とてセクシーマンドレイクを出荷してきたシンは、ついでにそれを、馴染みの教会にもお布施《ふせ》代わりに寄付してきた。

一緒に譲ったバーニィ肉の方が喜ばれたが、そんなものだろう。

無事に冬を越した教会であったが、相変わらずそれほど資金繰りに余裕があるわけでもないらしく、大喜びであった。

今年の冬は例年より薪代がかかってしまい、それなりにカツカツだったという。

しかし、最近では暖かくなってきたし、なんとかなっているそうだ。

シンと顔馴染みになったシスターや、孤児院の子供たちは、割となんでも話してくれる。ついでに花を売りつけてくるが、シンは以前と同じように、神様方に寄進をお願いした。

世間話も終わり、シンは軽くお祈りをして帰ることにした。しかしそこで――

『――ンさん、シンさーん、ちょっと今日夢にお邪魔しますねー』

一瞬、懐かしの幼女女神《フォルミアルカ》の声が聞こえて気がした。

思わず周囲を見回すと、何やらざわざわしている。

「おい、さっきフォルミアルカ様の女神像が光らなかったか？」

「それより、ステンドグラスから差し込んだ光が凄かった！」

「なあ、君も見たよな⁉」

シンは興奮する参拝客にガシッと肩を掴まれたものの、「祈っていて全然見ていませんでした」と事実を口にした。

嘘ではない。

ついでに神託っぽいものを受けた気がしたが、スルーする。

なんで直に連絡してくるんだとスマホを取り出すと、おびただしい数の着信履歴や神託履歴があった。

「……おおぅ」

最近忙しくて、スルーしっぱなしだった。

恐らく、スマホで返事が来ないので、フォルミアルカが教会に来ていたシンにコンタクトを取ったのだろう。

ここで、最初から夢でお告げスタイルを取らないあたりが、残念女神らしいところである。

その日、シンはいつもより早めに就寝することにした。

毎日充実しているし、妙な生徒に絡まれてはいるが、大方いい人たちばかりの学園なので、なかなか楽しい日々を過ごしている。

◆

——何か、声が聞こえる。

「だから、一族郎党怪死させてしまえば良いのでは？　神罰ってわかりやすいよ！」

「神罰はついこの前やっちゃったし、私はパスだわ」

「え？　フォールンディのは知ってましたけど、ファウラルジットも!?」

「テイランの若作り王妃よ。まーたスキルを悪用していたから、ちょちょっとね？」

「あやー……確かにちょっとアレな人でしたが……」

「で、あの子豚ちゃんどうするの？　タバサとかいう小娘のついでに、ちょっとお仕置きしたけど、反省していなかったし」

「あれは～、どっちかっていうと、自業自得というやつではないでしょうか～？」

若い女性たちの声。その中に、聞いた名前が出たので、シンは思わず目を開けた。

周囲には銀色の帳《とばり》。輝くそれをおっかなびっくり触ると、それが非常に細い糸——ではなく髪だということに気づいた。

「起きましたか」

「へ？」

あまりに美しすぎて、作り物めいた美貌《びぼう》がシンを覗き込んでいた。

ぎょっとして起き上がろうとしたが、なんだか身体の感覚がおかしい。

（ちっさ⁉）

気のせいでなければ、彼の手はぷにっぷにの幼児のようになっている。

「小さい……可愛い」

女性はシンを抱き上げ、ガラガラを振っている。

シンが訳のわからない状況に困惑しきっていると、美と春の女神ファウラルジットが近づいてきた。

「あ？　起きたのね。ごめんなさいね、ちょっと人間への空間設定を間違えたら、赤ちゃんになっちゃって」

「もどるんでしゅか？」

シンは慣れない体で疑問を口にするが、上手く舌が回らない。

「戻したいんだけど、フォールンディがね～」

ファウラルジットはそう言いながら、シンを抱く女性をちらりと見る。

「子供好きなんだけど、神格とか権能の関係で、子供や小動物との触れ合いがなかなかできない女神なの。だから、ずっと抱っこしっぱなしで……。シンの精神は一度は大人までいっているし、加護持ちだから魂のガードもあって泣かないし、魂もそうそう歪まないから」

（うおおおーい！）

このままの状態を受け入れたらアカン気がする――シンの危機察知能力が叫んでいた。

絶世の美人ならぬ美神《びじん》なお姉様にあやされて、バブってオギャったら、色々と終わる気がする。

「本当は色々話したいことがあったんだけど、ちょっとの間だから、妹を頼んだわよ！」

そう言って、ファウラルジットは笑顔でシンを切り捨てた。

この女神、意外と下の子には甘いタイプなのかもしれない。

（ざけんなー！）

そう叫びたくとも、モミジのおててでは無力だった。

ひらひらと手を振ったファウラルジットは、優雅な女子会ならぬ女神会に戻ってしまう。

もはや愛玩用《あいがんよう》の猫ちゃんの気持ちになりつつ、シンはひたすら抱っこされて頬ずりされていた。

美女に可愛がられているという優越感より、一人の男としての尊厳がゴリゴリ削られて仕方がなかった。プライドがズタズタである。

はなはだ不本意ながらも、シンはバブちゃん状態である。

女神たちがシンを夢という領域に招いたのはいいが、ちょっとポカをやらかした結果がこのビースタイルらしい。

だが、自分をずっと膝で抱っこしながら頬ずりする銀髪ショートボブの女神の様子を見ていると、シンは故意の過失を疑ってしまう。

最初に気づいた時、あまりにも接近しすぎていたので、シンの顔に長髪でもない銀髪が掛かっていたくらいだ。パーソナルスペースゼロの、キスの距離である。

彼女はベビーなシンをかなりお気に召したのか、放さない。小さな手でイヤイヤしても無駄な努力だった。

この女神は厳格と冬の女神フォールンディというらしい。

小さく幼い生き物が本能的に危機を感じる冬という季節を象徴しているせいか、フォールンディ自身は小さく愛らしいものが大好きなのに、そういった対象に逃げられてしまうそうだ。

また、たまに加護や守護といった耐性を持つ子供や小動物がいたとしても、美しいが冷然《れいぜん》とし、女神オーラの強めなフォールンディを見ると、皆平伏するか、泣き出すらしい。

愛《め》でようとした瞬間、震え上がり号泣される。

フォールンディは自分の趣味に対して、供給が枯渇《こかつ》していた。

しかも、『厳格』を司《つかさど》っているので、他の姉妹女神と違って、奉納《ほうのう》される品も自然と、華美《かび》――というより、簡素だったり重厚だったりで、愛らしさとは無縁の物ばかり。

そこで、外見バブちゃんで中身に肝っ玉が据わったアラサーの精神が宿る神々の加護バリア付きのシンが出てきたものだから、飛びついた。

もしこれでシンが嫌らしく鼻の下を伸ばしたらそっと放置だっただろう。しかし、彼はモミジの手でイヤイヤしつつ困惑するだけだった。

普段ソルトな言動が多くクールな末妹が嬉しそうなので、姉女神たちもにっこりである。

シンの心は容赦なく犠牲《ぎせい》になったが、姉女神たちにとっては些細なことだった。

シンはシンで「もしこの下がオムツオンリーだったら……」と思うと、ロンパースはさすがに脱げなかったが、おしゃぶりだけは断固拒否である。

『それで、お話というのは？』

夢の中だというのに、バブちゃんの体ではおしゃべりが難しい。

仕方なく、シンは念話というか、テレパシーを使っている。

夢の中、そして女神たちだからこそできるゴッズパワーのなせる業《わざ》らしい。シンとしては、まずこの屈辱的な姿をどうにかしてほしかった。

この世界に来て、モテ度は上がった気がするが、それ以上に女難度も上がっている気がする。

普通、異世界転生の鉄板は、俺ＴＵＥＥＥＥからの、美少女と美女のハーレムである。

しかしシンの場合、どちらかと言うと駄犬の世話や、俺ＹＡＢＥＥＥＥな連中をいなすことが多い気がする。

「えーと、今日呼んだのは、よく君に絡んでいる子豚ちゃんについてなんだけど～」

おっとりしていそうな口調の女神の名は、フェリーシア。芸と秋の女神である。

豊かに実った稲や麦の穂を思わせるたっぷりとした黄金の髪を三つ編みにして垂らし、果実のような艶のある赤い瞳が特徴的な女性だ。

彼女が身に纏うのは見事な刺繍《ししゅう》が入った民族衣装風の装い。髪紐や腰布も複雑な色合いの組紐を使用しており、一見カジュアルだが、よく見れば職人の粋《すい》を凝《こ》らした凄まじい技巧が感じられるものばかりである。

『子豚？』

シンの近辺には、オークも豚系の獣人もいない。

首を傾げていると、ファウラルジットが「あの子豚よ」と付け足した。

「レニって娘に片思いしているけど、空回っている少年よ。あれくらいの男は、まだ子供っぽいのはまままあることだけど、なんかムカつくのよね。バロスに言動が似ていて」

相変わらず迫力の美貌が健在のファウラルジットが、鮮やかな緑の髪を指で弄《いじ》りながら、実に苛立たしげに呟いた。

バロスにしっかり仕返しをしたが、まだまだ好感度は底辺をさまよっているらしい。

坊主憎けりゃ袈裟まで憎いのか、他人の空似の言動であっても、シフルトが嫌いらしい。

「まだ子供ですし、シンさんは干渉されたくない人なので、今まで保留にしていたのですが、他の神々からも〝一発バシッとやるべきでは？〟と意見がありまして」

最高神である幼女女神フォルミアルカが、困ったように苦笑した。

穏健派代表で処罰はしたくない彼女が、見切り発進しそうな周囲をずっと止めている。

既に大寒波という強烈な一撃を最近見舞ったばかりだが、まだまだやりたりない血気盛んな神々がわんさかいるそうだ。

『あ、自分でなんとかしますので、放置でお願いします』

神罰の恐ろしさはうっすらとしか知らないが、結構な大事《おおごと》になるというのは、シンも理解していた。

彼は穏やかに日常を送りたいのだ。

そもそも、シフルト程度なら自力でどうにかできる。

彼をしばいてもらうために、自分の楽しい学生生活をぶち壊されるという事態は、避けたいところだ。

そもそも、シフルトの浅はかさを見るに、そのうち勝手に自爆するかもしれない。彼は自分の言動が周りにどう見られているかわかっていないし、シンが直接手を下すまでもない可能性もある。

ティンパイン側も基本は手を出さないでいてくれるし、自分で解決したかった。

だが、そんなシンの主張に、ぶーっとふくれっ面《つら》になった女神がいた。

「えーっ、つまんなーい。シンはせっかく『神子』なのに、全然我々を頼らないじゃないか」

蒼穹《そうきゅう》を思わせる爽やかな髪と、太陽の如き黄金の瞳をしたこの女神は、フィオリーデル。

情熱と夏の女神は、モノキニにパレオを組み合わせたようなドレスを纏っており、白い砂浜とサンゴ礁《しょう》が似合いそうな南国を連想させる。

腕や足にさりげなく豪奢《ごうしゃ》なアクセサリーを纏っているが、大ぶりの宝石や眩《まばゆ》い黄金であっても、所詮《しょせん》は彼女の引き立て役であった。

全く下品に見えないのは、やはり女神オーラと、一見シンプルでも安物感ゼロの素材だからこそだろう。

「もう！　ダメって言ったらダメです！　シンさんがダメって言ったからには、ダメです！」

両手をバタバタして神罰断固阻止を掲げるフォルミアルカが、三女神を窘める。

ファウラルジット、フィオリーデル、フェリーシアは、シフルトに神罰を下しちゃいたい派らしい。若干私怨《しえん》も感じるが。

「私も神子の意見に同意します。人の世での出来事は、なるべく人と人の間で解決すべきでしょう」

フォールンディはシンの意見を尊重してくれるようだ。

これでシンの手の平に指を押し当てて、モミジの手のぷにっと感を満喫していなかったら、とても歓迎できた。

それにしても、女神勢揃いの中で一人バブみが炸裂するロンパースというこれは、どうにかならんものだろうかと、シンは内心頭を抱える。

ふと、白銀の合間に赤いものがチラチラして見えると思ったら、フォールンディの髪には一筋《ひとすじ》だけ赤いメッシュが入っていた。シンは気になって、思わずグイッと引っ張ってしまった。

「きゃっ」

『あ、ごめんなさい。つい』

「小さき者に悪戯されるなんて、初めてです……」

なんか感動している厳格と冬の女神に、シンはちょっと引く。

ここにいる女神の中ではダントツに近寄りがたさはあるが、攻撃的でもないし、直情的でもない。

シンに対してソワソワしているところはあるものの、感情は安定している。

『あのー、お話はそれだけですか？』

「とりあえずはね。小さい教会だけど、小まめにお祈りしてくれているのは、褒めてあげるわ」

ファウラルジットが艶麗《えんれい》に微笑むが——いちいち怖い。

サボっていたら何をするつもりだったのだと不安を覚えたものの、藪蛇《やぶへび》になりそうなので、シンは黙っていた。雄弁は銀、沈黙は金という格言がある。

時に主張は必要だが、多弁すぎて墓穴《ぼけつ》を掘ることもある。

「他にもシンさんとお話ししたいと言っている神々がいるので、ちょっかい掛けてくるところがあったら言ってください。これでも最高神・創造主ですから！」

フォルミアルカが、えっへんとぺったんこの胸を張る。

バロスが消滅し、他の神々が力をつけてきたが、相変わらず園児のスモックの似合いそうな幼女である。力が強くなっても成長はしないのだろうか。

とりあえず、シンの目立ちたくない精神のおかげで、シフルトは神罰直行を免《まぬが》れたのであった。

◆

命拾いしていたことを知らないシフルトは、やはり愚かだった。

いくら猛アピールしても、そのアピールがド下手なので、ますますレニの心は遠ざかる。

それをシンがいるせいだと明後日な嫉妬心を燃え上がらせて、ますます突っかかってくる悪循環。

シフルトの言動は過激さを増し、周囲の生徒どころか教師からも冷たい視線を向けられるようになった。

何もかもうまくいかない。それも全て「あの平民のせいだ」と、自分の悪行を見直そうとしない。

やがて、そうした感情は独善となって、シフルトの愚行を増長させることになる。

シンはいつものように廊下を移動し、次の授業が行われる教室に向かおうとしていた。

そこにシフルトが現れ、手袋を投げつけてきた。

手袋はシンが咄嗟《とっさ》に盾にした教科書にぺちっと当たって、落ちた。

「平民、勝負だ！　俺様が勝ったら学園を去り、二度とレニ・ハチワレに近寄るなよ！」

何言ってんだコイツ……と、シンが無視したのも仕方がないことだった。

そもそも次の授業の教室は少し離れた場所だ。時間がなかったし、タイミングもすこぶる悪かった。


その日の放課後には、シンがシフルトからの決闘の申し込みをシカトしたという情報は、錬金術部にも伝わっていた。

教室移動で忙しい時に申し込んだシフルトも悪いが、微塵の躊躇《ためら》いもなく無視したシンもシンだった。

鬱陶しいシフルトが見事にスルーされたと聞いて、周りは爆笑である。

そもそも、シフルトからの決闘の申し込みはシフルト側の都合であって、シンにとって一切メリットはない。お遊びに付きあっている暇があるなら、本の一冊も読むか、温室の雑草の一本でも抜いていた方が生産的だ。

「いやー。決闘を申し込まれてシカトするなんて、前代未聞《ぜんだいみもん》だよ」

部長のキャリガンが苦笑した。

貴族は面子《メンツ》を大事にするので、決闘を受けなければ、余程のことがない限り、臆病者《おくびょうもの》扱いされる。

だが、シフルトにとって痛手だったのは、意中のレニから猛抗議が来たことだ。

決闘の一件を耳にすると、普段は模範的な優等生で大人しいレニが、貴族科まで踏み込んでいった。そして、彼女はカンカンに怒りながら「人の交友に外野が口出ししないでください！　何様ですか、気持ち悪い！」と、言葉の砲弾を食らわせた。

勝手に勝負にレニの交友関係に干渉する条件を付けられたのだ。もし万一シンが負けたりしたら、レニは護衛としての責務が果たせなくなる。

それに、そもそも決闘なんて危険なことは断固反対であった。

シフルトは平気で不正行為とかしそうだ——と、ナチュラルに失礼なことを考えるシンだが、レニもそう思っているから、決闘には反対なのだ。

「この学校、決闘とかよくあるんですか？」

「貴族が関わるとたまにあるかなー。平民は試験とか試合に便乗して片付けるのが多いから。あ、でも貴族でもそうそうやらないよ？　本人たちは本気でも、半分見世物みたいなものだから、負けた時のデメリットがデカすぎるし」

勝負の内容や勝敗、原因次第では、今後の出世にも関わるし、あまりに下らない理由で決闘をした結果、勝ったのにボッチになったり、家から追い出されたりする場合もあるそうだ。

「リスキーすぎやしませんか？」

「それくらい、リスクがあるって言わないね。〝カッコイイから〟って、生徒の間で決闘ブームになったことがあったんだ。その結果、決闘をダシにリンチやカツアゲ、博打行為《ばくちこうい》や、八百長《やおちょう》を行なう人間まで出てきて、一時期風紀が荒れたんだよ」

「滅茶苦茶じゃないですか。禁止にはされないんですか？」

「コソコソ私闘をやらないだけまだねー。あれは場合によっては集団リンチになるから。今のティンパインは比較的平穏だけど、祖父くらいの代では、決闘は派閥争いの代行戦争だったから、止めるに止められないこともあったんだ」

キャリガンとの会話後も、シフルトは暇さえあれば、シンを追いかけ回していた。

だが、相手が悪かった。シンはシンでシフルトを避けていた。

シンは狩人や冒険者としてソロでの活動が長く、ヒット&アウェイや、待ち伏せによる一方的な攻撃や襲撃を得意としている。そんな彼にとって、気配の隠し方を知らないシフルトを躱《かわ》すことなど簡単だった。

有力情報を得ても、シフルトは隠れたシンを捜すことができない。結果、空振りばかり。シフルトはそんな状況に苛立って、騒いで暴れ、ますますシンに居場所を悟られて避けられる。

これでシフルトに協力者が多くいたり、優秀な味方がいたりすれば、シンを捕まえることは可能だっただろう。

だが、度々問題を起こすシフルトの協力者はいなかった。最近もグレゴリオに厳しく叱責されている。君子危《あや》うきに近寄らずというものだ。

そんな冷めた周囲に気づかず、シフルトは一人でヒートアップしていた。

ある意味、幸せな人間である。

◆

シフルトの派手な言動は、騎士科にも伝わっているらしい。

キッシュに入れるホウレンソウをザクザク切りながら、ビャクヤは呆れ返っていた。

本日の錬金術部の課題は〝ホウレンソウとベーコンのキッシュ〟である。好みによって、ベーコンが鶏肉になったり、キノコが入ったり、玉葱《たまねぎ》やジャガイモが入ったりする。

「あのお坊ちゃま、ほんまにしつこい男やねぇ。ちょっとアタマ使えば、シン君には喧嘩を売らん方がええってわかる気がするんやけど」

「あれでござるなー。シン殿は確かに平民でござるが、伝手《つて》や友人は多いでござる。教師からも評判が良いでござるしなー」

「所詮、シフルトですから」

ビャクヤとカミーユの会話を聞いたレニが、吐き捨てるように言った。

それでまとめてしまうのもどうかと思うが、一度底を打った好感度は上がる気配がないようだ。

「シフルトって、味方少ないんだな」

平民風情《へいみんふぜい》が——と言ってくる貴族を多少予測していたが、意外なほどシンの周囲は静かだ。

「ちゃうちゃう、シン君が多いんや。ちょっと前、ヤバい女子がテロ菓子で王侯貴族のお偉いご子息を爆撃したやろ？　シン君、その時に一人助けたそうやん？」

「いたっけ、そんなの」

首を捻るシンに、レニが補足する。

「シン君……トラッドラ国のヴィクトル殿下ですよ。お薬あげていたでしょう？」

シンは記憶の中から、レニをヘッドハンティングしようと軽く声をかけてきた王族を思い出す。

既に顔もうろ覚えだが、その時彼が、白いズボンを茶色く染めたことは記憶にある。ちなみに、白い制服は学生の中でも、特権階級的な存在が身につけるものだ。

アルマゲドン級の腹痛に苦しんでいた彼に、シンはポーションをあげた。本来いたはずの侍従たちも運悪く同じテロでやられてしまっていたこともあり、シンが保健室まで付き添った。

「で、その人がなんか関係あるの？」

「あの一件で、少なくともトラッドラの王侯貴族はシン君派やねん。そんでもって普通、ティンパインの貴族は、宰相のお気にのシン君とイザコザは起こしたないはずや」

「そのティンパイン貴族に決闘を押し売られているんだが？」

シンの疑問にビャクヤが肩を竦める。

「それは救いようのないアホかバカタレだからやろ」

「というより、なんで僕がチェスター様のお気に入りだなんて……」

「普通、どーでもええガキンチョに家紋入りの装飾品なんて渡さへんよ。グラスゴーとピコがつけとるやん」

高級騎獣のデュラハンギャロップをカツアゲされないようにと、防犯タグ的に貰った物である。おかげで、羨ましそうに見られることはあっても、今までそれを奪い取ろうとはされたことはない。

（……まあ僕が一応ティンパイン公式神子だから、良くしてくれるのかな？）

シンはそう考えたが、チェスターは最初から彼のことを気に入っている。

シンが了承するなら養子にしてもいいと思っているくらいに。

ただ、チェスターはまともな人間なので、権力ゴリゴリで押さえつけようとはせず、徐々に信頼を勝ち取ろうと地道な努力を重ねている最中だ。

最初はロイヤル馬鹿を躾けられる貴重な人材としてシンに飛びついてしまったが、本来のチェスターはデキる大人の男なのである。

出来上がったキッシュは美味しかった。

総菜パンが得意なキャリガンが同じ班だったこともあり、良い仕上がりだった。

別の班ではパイ生地《きじ》の中にそそぐ卵液に具を入れすぎて、溢れ出してしまったところがあった以外、概ね成功である。具沢山は一種のロマンであるが、生地の器《うつわ》に入りきらない量はやりすぎだ。

シンは一つをここで食べて、もう一つは持って帰ることにした。

育ち盛りは夜中にお腹が減ることが多いので、夜食に取っておくことにしたのだ。

「メッチャ美味《うま》ぁ～。パイ生地がええ感じにバターの香り。卵の中のホウレンソウとベーコンはしっかり塩コショウでパンチを効いていて、その合間に仄《ほの》かに感じる自然な甘さは、生クリームがええからやなぁ――ってゴルァ！　カミーユ！　一人二つや！　部長の分に手を伸ばすなや！」

見事な食レポをしていたビャクヤが突如鬼の形相《ぎょうそう》となって、カミーユの手を叩き落とした。

大きな音を立てて手の甲を叩かれたカミーユは半泣きだ。

「ちょっと間違えただけでござるぅ！」

キャリガンが別の班の様子を見て回っていたため、キッシュが皿に残っていた。それを余っていると思って、カミーユが手を伸ばしたのが悪かった。

「いや、一人二つずつで切り分けたじゃん」

シンも呆れてツッコミを入れる。

ちなみに今回、レニは別の班である。

彼女の班はお菓子が得意なリエルがメンバーにいるし、そうそう大きな間違いは起きないだろう。

あちらはチーズとドライトマトとブラックオリーブを入れて、少しアレンジをしている。

「そういえば、何気にビャクヤもいるけど、入部したの？」

ここで今更ながら、当たり前のように部活に参加しているビャクヤに気づき、シンが尋ねた。

「メッチャコスパええもん、この部活。うちの寮は騎士科の連中多いから、飯が足らんのや。いや、寮母さんはちゃんと作ってくれるんやで？　せやけど、成長期のガチ運動系の学科と運動部の寮生ばっかりやから、飯時は戦争なんや……」

「食事時間に遅れると、自分の取り分が消えるでござる」

ビャクヤもカミーユもそれなりに良い家柄だが、余計な出費を抑えるために、寮のランクを落としているそうだ。

「あれ？　カミーユって、お母さんとティンパインに来たから自宅登校でもいいんじゃない？」

父方はともかく、カミーユは母方とは疎遠《そえん》ではないはずである。大寒波や入学のどさくさにまぎれ、一緒に亡命してきたような形だ。

「家から通うこともできるでござるが、母上には〝部屋代と食費がかさむから〟って、追い出されたでござる……」

「カミーユのことやから、アホみたいに鍋の中の煮物とか食い尽くしたんやろ」

紅茶で優雅に喉を潤《うるお》しながら、ジト目でカミーユを見るビャクヤ。

それに対して、カミーユは負けじと睨み返している。

「そんなことしてないでござる！」

「だよな、親しき中にも礼儀……」

そんなことしたら、台所を預かる人間に喧嘩を売っているようなものだ。さすがにそんなに馬鹿じゃなかったか、とシンがちょっと安堵しながら呟いたが――

「煮物ではなく、おひつのご飯をうっかり何度かカラにしただけでござる！」

「ごめん、やっぱり馬鹿だ」

「せやろ。作る側からすれば、キレ散らかしたくなるわ」

主食を食い尽くしてどうする。こいつはピラニアか蝗《いなご》なのかと、ビャクヤと同じようにシンはジト目でカミーユを見るのであった。

◆

「社会的に潰しましょう」

執務室で報告書を見たミリアが一言そう呟いた。

にっこりと艶麗に微笑む妻に、いつもは甘いチェスターはたじろぐ。

原因はミリアの大のお気に入りの平民だ。

彼の本当の身分はティンパイン公式神子。

神子とは、国が認めた強い加護を持つ神々の寵児《ちょうじ》である。

その待遇は王族に匹敵する――というか、去年の過酷な大寒波により、加護持ちの価値は高騰しているので、国王に匹敵するかもしれない。

神子本人が平凡な日常を送らせてほしいと切《せつ》に希望しているので、露骨な担ぎ上げはされていない。

そのお気に入りの少年ことシンは、ティンパインの国立学園に入学し、青春を謳歌しているという報告は受けている。

ちょっと微妙なテイラン出身の小僧が周囲をうろついているが、シンが自分で上手く御《ぎょ》しているようなので、チェスターたちティンパイン上層部は静観していた。

だが、問題が発生する。

そこそこ権力のある伯爵家の馬鹿息子が、シンに絡んでいるというのだ。

妻の強硬な姿勢を見て、チェスターは自分の怒りが鎮火していくのがわかった。隣でもっと怒っている人間がいると、冷静になる。

「ミリア、気持ちはわからなくはないが、シン君は干渉を嫌う。手を出すには早いと思う」

「ええ、直接は手出ししませんわ。少し、すこぉしだけ、貴族流におもてなしをしようかと思っているだけよ？」

美しき宰相夫人にして、ティンパイン王妃の親友の発言権は強い。

朗らかな笑みだが、チェスターはその後ろに般若の幻影を見た。

「確かシフルト君とやらのお父様もお爺様《じいさま》も、王宮魔術師よね？　魔法の扱いに長けていらっしゃるようだけれど、宮中での戦い方は如何《いかが》かしら？」

オウル家は魔法関連で権威がある。ミリアとは領分が違うが、手を出そうとしている相手が相手だ。

ミリアがオウル伯爵家のご子息の出来の悪さを口にして悪評を広めようとも、それを止められる者はいない。シフルトの振る舞いを知れば、オウル家の抗議は黙殺されるだろう。

「学園の上層部には話を通している。念のため、シン君の近辺の護衛も増やした」

「あら、それくらいは動いているのね？」

「当たり前だ。……正直に言えば、シン君が私たちなり、貴族の養子に入ってくれれば、もっと動きやすくなるがな」

「うーん、シン君は用心深いから、候補としてはウチかサモエド伯爵家だけしか頷きそうにないわね。それ以外は論外というか、歯牙《しが》にもかけず、即拒否しそう」

シンは常々身軽な身分でいたいと言っている。

チェスターとしても、シンを遅くにできた末息子のように見ているので、健《すこ》やかであってほしいと願っている。

チェスターは権力漬けで根性がねじ曲がった人間など、たくさん見たことがある。

「シン君、決闘を受けるのかしら？」

「正直、相手が勝手に騒いでいるだけだからな。シン君としては旨味が少ないというか、デメリットしかない決闘だ」

シンは平民だし、名誉《めいよ》や矜持《きょうじ》がどうとか騒ぐタイプではない。

もし相手が貴族であるならば、受ける前の決闘は介入してしまえばいいことだ。家や派閥、事業に圧力をかけて、決闘をやめさせればいい。

「そもそも、あのシフルトとかいう小僧はレニの気を引きたいだけなのだろう？　ならば、周囲の人間と敵対するのではなく、友好を結び、距離を詰めつつ本命には普通に花や小物を贈って、相手の反応を見ながらアプローチを掛けるべきだろう」

頭痛をこらえるような顔をしているチェスターに、ズバッとミリアが断言する。

「それができない豚野郎なのよ」

だが、バッサリ切っておいて「ああ、豚野郎なんて言ったら豚に失礼ね。屑野郎ね」と、にこやかに更に罵《ののし》った。

社交界の華であるミリアはモテる。

結婚する前、若い頃は、もっとモテていた。

だからこそ、自分をカッコよく見せたいがために斜めな努力と行動をする馬鹿に、何度も巻き込まれかけた。

迷惑を被った分、その手の輩《やから》に対する評価は厳しいのだ。

◆

シンは寮に届いていた手紙を寮母から受け取った。

今日は珍しくたくさんあった。タニキ村のハレッシュやポメラニアン準男爵、そしてドーベルマン伯爵家からだ。そして、それとは別に一枚、あまり馴染みのない封筒を見つけた。

「何これ」

やや凝った造りの封蝋が押されているから、多分貴族だろう。使われている蝋《ワックス》も質が良い。

だが、サモエド伯爵家の物とも、王家の物とも違う。

嫌な予感を覚えつつも、無視するともっと面倒になる気がして、シンは封筒を開くことにした。

『平民、これ以上逃げ回るようなら、お前の馬と畑を燃やす』

こんな脅迫《きょうはく》じみた失礼な手紙を送りつけてくるのは、どこぞの伯爵家の馬鹿子息くらいだろう。

いい加減迷惑なのは、こっちの方である。

シンは出るとこ出てやろうかと思ったが、レニにも散々嫌な思いをさせているので、ここできっちり引導を渡してやろうかと、怒りがふつふつと湧いてきた。

いい加減しつこかった。邪魔だと思いはじめていた矢先にこれである。

シンにとって、グラスゴーとピコ、そして温室は大事な財産だ。

温室は学生の間限定だが、色々と植物を育てて調理したり、調合したりするのは楽しい。

そんなシンの聖域に手を出そうとするのなら、やり返されても文句は言えないだろう。

翌日、シンはカフェテリアにビャクヤを呼び出していた。

テーブルの上にシフルトからの手紙を広げ、対面するビャクヤの前に突き出した。

ビャクヤは正確に言えば貴族ではないが、王侯貴族と関わり合いの深い一族出身だ。巫覡として政《まつりごと》に進言する立場にいたため、貴族の性質や暗黙の了解について詳しい。

なお、ビャクヤ本人は占術が好きでもないし得意ではないから、騎士科に在籍している。

今回は、あえてシフルトの土俵で戦わなくてはならないので、思わぬ落とし穴があるかもしれない。事前に情報収集はしておくべきだろう。

ちなみに、カミーユは侯爵子息だが、考え方が楽天的で浅いところがあるので除外した。

シンに奢《おご》らせたベリージュースのストローを咥《くわ》えながら、文面を見たビャクヤは、軽く眉を上げる。

「なあ、ビャクヤ。陰険な嫌がらせが一番得意そうだから、お前に相談するんだけど、シフルトがやられて最も嫌なことって、なんだと思う？」

「シン君とレニちゃんの交際宣言」

即答するビャクヤ。自分の性格については否定しないあたり、自覚があるようだ。

それでもって、レニに片思いのシフルトに的確にダメージを与える案を出してきた。

「それはレニを巻き込むから却下。別の問題も起きそうだし」

「あのアホタレがピンポイントにムカつきそうなのはそれやけどな……それ以外なら、魔導書関連やな」

「魔導書？」

「オウル伯爵家は、ティンパインでもかなり旧家や。代々王宮魔術師を輩出しとる魔法の名家でもあるんや。歴代の当主が研究し、学び、私財を投じて手に入れ、時に作成した魔導書は、ご自慢の一つなんよ」

「魔導書ねぇ」

へー、とあまりやる気のなさそうに、シンが顎《あご》に手を置いて思案する。

「あのアホタレはあんなんやけど、年齢にしてはできた魔法使いなんや。魔力量が多いし、高度な魔法を使えるしな――精度や速度はレニちゃんに大分劣るけどな」

それもあり、シフルトはレニに居丈高に接するのかもしれない。素直になれない理由なのだろう。

「じゃあ、決闘の引き換えに、魔導書をぶんどって、学校に寄贈してやろうかな」

「シン君、オウル家の虎の子っちゅーか、秘術や秘法を公共に晒すんか？　オウル家がブチギレるで？　あのボンボン、家から追い出されるんちゃう？」

「普段、平民平民って散々見下してくる奴が貴族の家から追い出されるのかー。どうなると思う？」

「んー、学園に残れるならセーフかもしれん。学生の間はなんとかなるやろうけど、卒業までに親に許してもらえんかったら、廃嫡《はいちゃく》になるかもしれへんなぁ」

「え、アイツのスペアいるの？」

「さすがに俺もそこまでティンパイン貴族の事情に明るくはあらへんよ。せやけど、オウル家の家督制度《かとくせいど》が、絶対的な長子優先いう縛りはなかったはずや。一番目の嫡子《ちゃくし》があんま使えへん場合は、下の弟妹、もしくは分家が引き継ぐと思うで？」

「お家問題にまで発展するのか」

貴族はその身分に見合う教養を持っているし、プライドも高い。オウル家でなくても、決闘騒ぎの挙句、敗北なんてして家名に泥を塗った場合、廃嫡という可能性が出てくる。

「珍しくはないで。決闘っていうもんは、面子が懸かっとる。貴族様らしい風習やけど、アホな理由で決闘申し込んで惨敗してもうたら、無様《ぶざま》以外あらへんやろ」

「……ビャクヤ、自然に僕が勝つと思っている？」

「シフルトの奴、レニちゃんやシン君絡みだと気合入れすぎて失敗すんのが目に見えとるからな」

儲けさせてもらうで、とビャクヤはサムズアップしてくる。

どうやら、決闘とは関係ない人間には、格好の娯楽であるらしい。

ちょっとした賭けをしながら観戦するからこそ、周囲も盛り上がるのだという。

ビャクヤの読みが外れていなければ、シンは普通科という括りだけでなく、学園全体で数えても指折りの強者だ。

強者主義のデュラハンギャロップを手懐《てなず》け、魔物を冷静に倒し、大の大人だろうが貴族だろうが、的確に相手を言い負かす肝っ玉を持っている。

本人が、埋没し、影を薄く過ごすことを望んでいるからこそ、目立たないだけだ。

ビャクヤも無粋《ぶすい》な人間ではないので、そんなシンを無理やりスポットライトの当たる場所に蹴り出そうとはしない。

「で、いつやるん？」

「不正されそうだから、きっちりアイツが文句を言えないような人材を押さえてからかな。公平な人がベストだけど」

「となると、上級貴族っちゅーことになるな。カミーユはこっち側すぎるし、俺も同じ理由でできへんし……」

「アイツの悪行を先生に言ってもいいけど、チクり魔みたいでずるいしね」

教師に注意されて、シフルトが逆上するのが想像できる。

今までのパターンから、反省するより逆恨みされる可能性が濃厚だった。

「チクるんはせんでも、審判役に教師を巻き込むっちゅうのも手やで？　でも、目立つのは避けられへんよ？」

「審判が平民だと、シフルトに不利な結果が出れば突っかかってきそうだしな。錬金術部でも貴族家の人はいるけど、どうしてもこっち寄りの人材だから、公平性がなぁ」

「あ、そや。ヴィクトル殿下はどうや？」

「あの人、特待枠の白服じゃん。しかも王族だし」

簡単に巻き込んでいい相手とは思えない。

「特待枠は生徒会やら、部活や委員の管理職やら、ヒエラルキートップ軍団やから、発言権は強いで。そういう伝手は、上から下に、命令が一気に行く。平民のシン君に花を持たせたくない貴族がおったとしても、リスクを背負ってまでシフルトに加勢したいっちゅう輩は減るやろ。それから外れてシフルトに協力するんは、派閥から爪弾《つまはじ》きされている連中や、空気の読めんあぶれ者や」

これでもし、シフルトが強い派閥勢力のトップクラスに君臨しているタイプなら、話は変わる。

彼も貴族派閥に入っているだろうが、それほど重要なポストにはいない。

空気が読めず、言動が迂闊で暴走しやすい性質《たち》なので、少し頭の回る人間なら、彼を自陣営に組み入れないし、組み入れたとしても、切り落としやすい場所に置いておく程度だという。

オウル伯爵家は確かに悪い家柄ではないとはいえ、権力をほしいままにできるほどではない。

同じ伯爵家であれば、ドーベルマンやサモエド家の方が政治においては有力だ。

魔法や魔術関連ならオウル家は大御所の一つだが、シフルトはまだまだひよっこ。将来性は見込まれているものの、性格があれでは話にならないだろう。周囲から叱責を受けても態度を改めないのは愚行でしかない。

シンの奢りなのをいいことに、ビャクヤは追加でスナックの盛り合わせを注文する。パーティーメニュー系のボリューム重視のギャンブルおつまみである。

この前はレニとカミーユもいたので食べ切れたが、二人では完食できるか微妙なところだ。

特に、カミーユ不在の穴はデカい。彼の食欲はバキューム並みである。

勝手に注文されたが、ビャクヤは価格に見合った価値のある情報を落としてくれているので、シンは文句を言わなかった。

「なんなら、ヴィクトル殿下に頼んで、見世物にされんようにしてもらうのもアリやな。例の件の貸し借りを清算する代わりとしては、妥当だと思うで？　ヴィクトル殿下としては、物足りないくらいかもしれへんけど」

「早くサクッとなくしちゃうのもありか。残したままにすると、後で引きずるかもしれないし」

「悪いツケやないから、残すのもええんちゃう？」

「王族と顔繋いでどうするんだよ」

シンにとって王族はどこぞのお馬鹿殿下だけで十分だった。

「シン君、もしかして、ティンパインの王族とお知り合いなん？　後ろ盾のチェスター様と言えば、宰相様やろ？」

「僕が知っているのは、ちょっと前に騒動起こした馬鹿殿下だよ」

手紙から察するに、ティルレインは日々ヴィクトリアに扱《しご》かれているようである。

普通はドン引きするような仕打ちだが、なんだかんだで相性がいいのだろう。長年の付き合いもあり、本当に超えてはいけないボーダーラインは互いにわかっているようだ。

「マジ知り合いなんかい⁉　でもあの王子、フェリーシア様の加護を持っとるっちゅう話やろ？美形な上に絵だの彫刻だのがべらぼうに上手いって聞いたことあるで」

興奮したビャクヤがシンの肩を揺すり、迫ってきた。

「殿下はカミーユから剣術の腕を引いて、へなちょこ要素を倍増した感じだけど」

「……そんなんが王族とか、ティンパイン大丈夫なん？」

シンのティルレインの評価を聞いて、ビャクヤは一気に冷静になる。

王族であっても、面倒属性とは関わり合いになりたくないということだろう。

「一番上の王太子殿下はかなり優秀だから。兄弟仲も悪くないっぽいよ」

一番上のフェルディナンドは大当たりであるが、次男のトラディスは脳筋、三男ティルレインはお花畑である。

シンが会ったことがあるのは三番目のフローラルを醸《かも》しているティルレインだけだが、周囲からチマチマと聞くお話でおぼろげながらに人物像が出来上がりつつある。

ティルレインには弟と妹もいるそうだが、あまり話題に上がらなかったので、その辺はわからない。

「でも、問題はどうやってヴィクトル殿下のところに行くかだな。選民主義なお方ではないって話やけど、垣根《かきね》ゼロはないやろ。ホイホイ会えるとも思えへんし」

「目立つよな。学科も違う、使用人でもない平民が行くとか」

取り合ってくれないどころか、不敬罪扱いされたら嫌である。

学園内は平等を掲げているとはいえども、礼儀や行儀といったマナーを全面撤廃しているわけではない。当たり前のことだが、稀に履き違える人間がいるのが、恐ろしいところである。

「というか、顔も既にうろ覚えなんだけど」

やたら高貴そうな人が息も絶え絶えに、ズボンに作っちゃいけないシミを作って助けを求めてきたことのインパクトが強すぎた。

他にも色々事件が多かったのもあり、シンの記憶は色褪《いろあ》せまくっていた。

セレブみの強いロイヤルオーラが強くて、関わりたくないタイプとしか覚えていない。

「めっちゃイケメンやん。線が細いっちゅうか、中性的ってやつやな。金髪でもちょっと赤みがかったストロベリーブロンド？　毛先がちょい赤みがあるんやけど、俺みたいな真紅じゃなくて、うっすらした感じやな。目は紅玉《こうぎょく》みたいな色の」

ビャクヤはしっかり覚えているのか、ああだこうだと色々説明している。

だが、シンの中のヴィクトル殿下のイメージは相変わらず乱視気味だった。

「そんなんだったっけ？　マジで思い出せない。厩舎《きゅうしゃ》の騎獣の方がまだ覚えているんだけど」

「シン君、ドシンプルに人に興味なさすぎやろ」

権力にあやかりたい人間にとって、ヴィクトルは真っ先に覚えるべき人のトップスリーに入るだろう人物だ。あまりの興味のなさに、ビャクヤは呆れた声を出す。

彼はようやくできたスナックの盛り合わせを引き取ると、さっそくアイシングされたドーナッツに手を伸ばす。今回は野菜チップス系が少なく、ドーナツ系が多い。

「まあ、貴族科の同学年にリエル先輩がおるし、ちょっと聞いてみてもええんとちゃう？」

リエル・カッツェは貴族科の四年生だ。彼女自身もティンパインの伯爵家出身である。

そこそこ仲の良い先輩の名前が出てきたので、シンはとりあえず彼女に聞いてみることにした。


放課後、さっそくリエルに話をしてみると、彼女もシフルトからの手紙に呆れ半分、憤慨半分で納得してくれた。

一緒に聞いていたジーニーも舌を出して、「うへぇ」と不味い物でも食べたような顔をしている。

「だったら、私が話を通すわ。一緒に受ける授業がいくつかあるの」

貴族科の必須単位は決まっている。たとえば歴史一つにとっても、どれから専攻していくかなどで、クラスや学年が違っても同じ授業が重なることがあるそうだ。

その学期やその年内に取らなくてはいけない単位もあるが、動かすことのできる単位もある。

「いいんですか？」

「ヴィクトル殿下は第四王子だから、それほど王位継承順位は高くないわ。ご本人も鷹揚な方だし、話しかけやすい部類よ。トラッドラもこっちと同じで王妃様はお一人だから、異母兄弟による確執《かくしつ》はないもの」

テイランなどは数多の妃《きさき》や愛妾《あいしょう》がおり、同腹だろうが異腹だろうが、争いがよく起きているらしい。

ヤンガーサン層の王子や王女であっても、下剋上《げこくじょう》を虎視眈々《こしたんたん》と狙っていることも多く、下手に声をかけると、派閥争いに巻き込まれるという。

「今はどの学年にもテイラン王族がいないのが救いね。学生やるより、自国の戦争や紛争地で名を挙げた方が後継争いに有利っていうのもあるし……。今年は急遽《きゅうきょ》留学を希望していた人がいたそうだけど、全部馬車や船が冬の吹雪《ふぶき》に負けてなくなってしまったそうなの」

えげつない神パワーである。

女神連合のバロス嫌いの余波なのだろう。テイランは、戦神バロスを奉る国家筆頭だ。神の怒りと言える神罰執行がバチクソに被弾している。

「それは凄い被害ですね……」

シンが引き気味に言うと、ジーニーが「近年稀に見る大事故だねー」と、のほほんと追い討ちをかける。彼女の頭では、にょいんにょいんと触覚のようにアホ毛が揺れている。

「まだ正式な発表はないけど、戦神バロスが消失したって噂がある。戦神を祀る神殿や教会がいくつも崩落したって噂もあるし」

「そうね、テイランを中心とした戦神の教徒たちは認めていないそうだけど、その彼らの露骨な失墜があるから、確定よね」

「テイランのあの荒廃ぶりは神罰の集中砲火って噂あるし？　戦神バロスってかなりの女好きだか

ら、その放埓《ほうらつ》で淫奔《いんぽん》な所業で色々な神々や精霊たちに嫌われてるって聞いたことあるし」

「確かに、そういうタイプとは恋人も結婚もないわ」

女神だけでなく、女学生からも論外扱いのバロスだ。

冷ややかなジーニーとリエルの反応を見て、シンは微妙な気持ちになる。

彼女たちの目の前の人物こそ、女神たちを焚《た》きつけて、大きな神の一柱をなくした人物なのだ。

◆

シフルトから貰った手紙は、容赦なく仲間内で回覧したのちに「脅迫の手紙が来ました。超怖いです。ぶるぶる（要約）」とグレゴリオに訴えた。

大事な白マンドレイクを害されたらたまらないと、グレゴリオとその助手たちは、犯人捜しに躍《やっ》起《き》になっている。

犯人についてめぼしはついているかと問われたが、シンは言葉を濁《にご》しておいた。とはいえ、少し調査すれば、怪しい人間はあぶりだされる。

わざわざ言うより、調査でそういった問題が出てきたという形の方がフェアであり、チクりにはならない。なので、決闘については沈黙を貫いておいた。

そんな中、シンの中で素朴《そぼく》な疑問が首をもたげていた。

温室に火をつける→放火。器物破損。

騎獣に火をつける↓騎獣は所有物扱いなので、器物破損。

普通に犯罪である。

そもそも、気性の穏やかなピコならともかく、生粋の首刈り族のグラスゴーに、あのシフルトは近づけるのだろうか？

危害を加える気満々な怪しい人物の接近を、あのグラスゴーが許すとは思えない。

例の手紙のあとすぐに行動を起こすと思いきや、ここ数日、シフルトをとんと見掛けないのも気になるところだ。

（グラスゴーに近づいて吹っ飛ばされたとか？　いや、まさかそんなアホなわけ……）

——そのまさかであった。

掲示板に貼り紙が出ていた。

飼い主に無許可で騎獣に近づいた生徒が吹っ飛ばされたという内容だ。

掲示板では伏せられていたが、飛び交う噂と憶測《おくそく》、そして授業の欠席者といった要素から出た結論が、シフルト・オウルということだった。

周囲は苦笑を隠せないし、騎獣を大事にする騎士科をはじめとする生徒陣は大憤慨だった。シフルトを蹴った騎獣が罰せられないようにと、騎獣へのフォローに奔走《ほんそう》している人間も出ている。シフルトの評価はそれほど散々だった。

噛み癖や蹴り癖のある、ちょっと危ない騎獣は珍しくない。

蹴り飛ばすのは、背後からの奇襲に対しての警戒でもある。街の外では魔物や獣が多いし、反応が一瞬遅れたら足を食いちぎられることだってあり得るのだ。

ちなみに今回生徒を吹っ飛ばした騎獣はグラスゴーではなく、高位貴族の持つグリフォンだったそうだ。時間は深夜であり、犯人はその持ち物から、騎獣を誘拐しようとした疑いがあるという。

グリフォンは高級騎獣である。

鷲《わし》の頭部に、獅子《しし》の肉体を持っている。大きな翼で空を飛ぶことができるし、知能が高い。見栄えも良く、戦力として期待できるので、人気が高い。

そして肉食寄りの雑食だ。

金属製の武器に負けない鋭い爪や嘴《くちばし》を持っている。

ちょっと丈夫な布や革程度は、一撃で引き裂かれてしまう強靭さだ。

犯人が死ななかったのは、多少は手心が加えられていたのか、運が良かったからだろう。

ちなみに、グリフォンがいた場所は、グラスゴーと近いエリアである。

一部の強力な魔獣・魔物の騎獣が近くにいると他の騎獣が怯えてストレスになるので、厩舎の場所が決まっているのだ。

(吹っ飛ばしたのはグラスゴーではなかったけど、多分……狙いはグラスゴー?)

グリフォンに吹っ飛ばされた方がまだマシだろうということにしておく。殺意が高いデュラハンギャロップは首を狙う。

シンがヴィクトルとの顔を繋ぐ間に、シフルトには騎獣泥棒という大層不名誉なレッテルが貼られつつあった。

グラスゴーを誘拐してシンを脅そうとしていたのだろうが、不慣れな厩舎に行ったものだから、迷って他所の騎獣の場所にコンバンハをしてしまったといったところか。

（つーか、カミーユすら危険を感じるグラスゴーから、シフルトが逃げられると思えないし、ある意味幸運？）

シフルトが余計なことをしようとした結果、また一段と周囲の評価を下げまくり、同じ貴族からも更に冷ややかな視線で見られるようになった。

その間にシンは、内密にヴィクトルと接触することに成功したのであった。

第六章　人との縁

シンがリエルから貰ったのは、貴族専用のサロンルームへの招待状だった。

そのサロンルームは、貴族たちが通うセレブ寮に併設されている。談話室代わりにも利用され、ちょっとした交流会はそこで行われる。

これを理由に、顔を出せばいいということである。

サロンルームは寮生が予約すれば使用可能だが、暗黙の了解でランク分けがあり、ヴィクトル専用のような場所もあるそうだ。そこなら、下手に校内で会うよりも、気軽に内緒話ができる。

ヴィクトルはそこに、忌憚《きたん》のない意見を聞きたいという名目で、貴賤問わず、色々な学科、学年の人々をよく呼んでいるそうだ。

ヴィクトルの母国であるトラッドラにも、もちろんハイレベルな学び舎はある。だが、ティンパインまでわざわざ留学したのは、見聞《けんぶん》を広げ、人脈を作り、有能な人材を探すためらしい。

だからこそ、彼は以前レニにも声をかけていた。これはあくまで勧誘の打診であり、強制力の伴わないものである。

リエルは「シン君ならヘッドハンティングもあり得るし、人脈繋ぎも十分考えられるもの」と言っていた。

有能な人間にしか目を掛けないチェスターが、手元で可愛がっているというだけで、勧誘の理由になるという。

自陣に引き込めればラッキーだが、引き込めなくとも、宰相の青田買いの質を見るというだけで、ヴィクトルにとって価値のある交流になるのだそうだ。

王族・貴族は互いの手札を見極めるために、敵味方関係なく幅広く交流することがよくあるらしい。逆に身内だけで小ぢんまりとした範囲でしかつるまない者は、たかが知れているという。

ジーニー曰《いわ》く「手札が少なく、人脈も狭いって一度その札を潰されたら、補充や変更も難しいからねー。動きモロバレだし」だそうだ。

お貴族様の面倒くさい事情である。

伯爵令嬢のリエルがそういった事情に詳しいのはわかるが、ジーニーまで理解しているのは意外だった。商業科だと、扱うものによってはただの平民よりお偉い方と接する機会が多いのかもしれない。

実はジーニーは大貴族、マラミュート公爵家のご令嬢であるのだが——シンはまだそれを知らない。彼女の生家が飲食店を持っているというのは嘘ではなく、それは王侯貴族が訪れるような超高級レストランから、庶民向けのチェーン店までたくさんある。

以前、シンが冒険者ギルドから聞いた〝ちょっと珍しい食材を依頼するレストラン〟も、その一つだったりする。

人の縁とは意外なところで繋がっているのだ。

◆

約束の日、シンがヴィクトルからの招待状を持って寮を訪れた。

案内されたサロンルームは、以前訪れた王宮の応接室を思い出す煌《きら》びやかさだった。

シンが利用しているリーズナブルな寮とは壁紙からして違う。シンの寮は全体的に素朴な板の目であるが、こちらは何やら螺鈿《らでん》や銀粉でも入っているようなキラキラした象牙色《ぞうげいろ》の壁紙に、金色で複雑な模様が描かれている。

少し視線を動かせば、一抱えはありそうな色とりどりの花が、爽やかな青の陶器の花瓶に生けられているのが見えた。

部屋の中心部には椅子ではなくソファーがあり、テーブルはツルツルの艶々に磨かれた猫足である。

シンは思わず乾いた眼《まなこ》で室内を見てしまう。

(やっぱり金はあるところにはあるんだな)

その辺は、どこの世界でも一緒らしい。

促されるままにソファーに座って待っていると、侍従らしき青年がてきぱきとお茶を淹《い》れて、素早くサーブする。

「甘い物はお好きですか？」

「はい」

「ではぜひ、こちらのキャラメルナッツのフロランタンをどうぞ」

青年はそう言って、三つほど素早く小皿に取り分けてくれた。

貴族の中には「この平民が！」というシフルトタイプの人間も多少はいる。やたら目の敵《かたき》にされるのは論外だが、こうも丁寧にもてなされるのも、シンとしてはムズ痒《がゆ》いものである。

欠片《かけら》をボロボロとこぼさないように、菓子を慎重に口に運ぶ。

サクサクのクッキーとナッツの歯ごたえが小気味よい。キャラメルの濃密な香り、そして豊かなナッツの香りが広がって、とても美味しい。

錬金術部でお菓子を作ることはあるが、このフロランタンはプロフェッショナルの誇りを感じる、特別なお味という印象だ。

ちょうど一つ食べ終わったところで、ヴィクトルがやってきた。

「客人を待たせてすまないね」

「いえ。こちらこそ急な面会の申し出を受け入れていただき、ありがとうございます」

シンはスッと立ち上がって一礼した。以前神殿に行った時に、侍従っぽい振る舞いを簡単に教わったので、その真似である。

顔を上げてヴィクトルを見ると、確かにビャクヤの言っていた通りの美形だった。

細身の体躯《たいく》も相まって、イケメンというより、中性的な美貌である。

ほんのり毛先に赤みを帯びた綺麗な金髪が良く似合う、ビスクドールを思わせる白皙《はくせき》の美青年だ。長い睫毛《まつげ》の影で、赤い瞳がけぶるようであった。

もともとこういう色なのかもしれないが、全体的な色味がアルビノ系にも見える。その淡く神秘的な色合いに、白い制服は良く似合っていた。

「改めて自己紹介をしよう。私はヴィクトル・ジェイド・トラッドラ。知っているかもしれないが、トラッドラの第四王子でもある。この学園では貴族科の第四学年に在籍している」

そつのないロイヤルスマイルを見て、シンはどこか明後日の感動を抱いていた。

自分の知る王子は脳内にお花畑をいっぱい育てている馬鹿犬殿下だったが、ガチモンのプリンスを初めて見た。あっちも外見は立派に王子とはいえ、威厳は毎秒木っ端になるタイプである。じっとして黙っていればいい線を行くのに、とにかく言動が残念王子である。

「僕は普通科の一年のシンです。姓はありません。ドーベルマン伯爵からの援助で、学園に通わせていただいております」

戸惑いながらも、シンはちゃんと自己紹介を返した。

王族への正式な挨拶がこれで良いのかは疑問だが、ヴィクトル的には十分合格点だったようである。

「なに、君には助けてもらったしね。僕は例の下剤菓子をかなり食べていたのに、君が持っていたポーションのおかげで軽症で済んだし」

そう言って、ヴィクトルは椅子に腰掛けると、侍従がサーブしたティーカップを傾け、優雅に紅

茶を味わう。

「お役に立ったようで何よりです。お加減はあれからよろしいのでしょうか？」

「君のおかげでね」

ヴィクトルの笑みの真意がわからず、シンは曖昧に笑う。

公衆の面前でお漏らしをしてしまったのだから、極大レベルの恥辱《ちじょく》を味わっただろうに、ケロッとしている。

「最初はかなり複雑な思いを持っていたけれど、知人は僕の何倍も床《とこ》に伏《ふ》していたしね。乳兄弟の側近なんて、あまりに酷くて、まだ療養中なんだ。後遺症なのか、非常に胃弱で虚弱《きょじゃく》になってしまってね」

「それは、お気の毒様です」

「復学した生徒の中には、彼と同じような後遺症に悩まされている者が何人もいる。ペレペルの実は、食べても死にはしないが、完治に時間が掛かるそうだ」

ヴィクトル側の内情をこうも知っていいのだろうかと、シンは少し不安になる。もっとも、ヴィクトルとしては人生最大の暗黒点の現場を見られたのだから、今更なのかもしれない。

「そもそも、あれは人用ではなく騎獣用のおやつですしね。王侯貴族や、豪商向けの高級《こうきゅう》嗜《し》好品《こうひん》としての試作品でしたから」

ペレペルの実と胡桃林檎は、人間用の食べ物ではない。

二つとも、見かけや匂いは普通なのでうっかり口に運んでしまいたくなるが、ペレペルは強烈な下剋並みの威力を発揮し、胡桃林檎はとんでもなく不味い。

「うん、そういった商品としては良い物だと思うよ。特別なご褒美に与えたくなるような見た目をしていたしね。兄上方の騎獣に贈ったら、喜んでいたし」

人の食べ物で凝った造形の物はあったが、動物用はほぼない。

前は試作品段階だったものの、あんな事件があっても商品化されたらしい。しかも、王族が買うとなると、かなり宣伝効果がありそうだ。

「で、君の本題は？」

ヴィクトルがさくっといきなりストレートに切り込んできた。

シンとしても、のらりくらりと世間話をずっと続けているつもりはないので、こくりと頷いて説明を始める。

「簡潔に言います。決闘の際、公平な審判役として、立っていただきたいのです」

「調停役ということか。味方ではなく、中立の立場でだね？」

「はい。オウル伯爵子息の今までの行動から考えると、不正行為をする可能性があります」

シンがきっぱり言うと、実に苦い顔をしたヴィクトルが「……決闘は、名誉と矜持を懸けて行うものなんだけれどね」と呟いた。

だが、シフルトにはナチュラルに平民見下しムーブ機能が搭載されている。貴族相手じゃないので、勝ってこそ正しいくらいに考えていそうだ。

その過程での卑怯《ひきょう》さや汚い振る舞いの是非については、頭からすっぽ抜けそうである。

「今僕は、僕や友人に執拗《しつよう》に付き纏うシフルト・オウル伯爵子息に、決闘を申し込まれています。正直、無視したいところですが、彼は僕の騎獣や使用している建物への放火を仄めかす、脅迫めいた手紙を送りつけてきました」

「彼はまた何かやっているのかい？　厩舎に忍び込んで、騎獣泥棒と間違われて叩きのめされたって聞いたけど」

「その泥棒未遂《みすい》、僕の騎獣に危害を加えることが目的だった可能性があるんですよ」

もし、シフルトがティンパインの中枢《ちゅうすう》を担うような立場だったら、ティンパイン貴族との軋轢《あつれき》を避けるために断るという選択も、ヴィクトルにはあった。

だが、ヴィクトルの見る限り、シフルトは所謂〝勘違い貴族〟である。

貴族とは、責任が伴うからこそ高貴な立場であるのだが、シフルトはそれを自分の都合の良いように振り回している。

「なるほど、恩人の頼みだ。日頃の行動範囲が違うから、その場で口出しは難しいかもしれないけれど――僕は特待枠の人間だからね。学園では規範となるべき存在で、ある程度の優遇はある。噂だと、シフルトとやらは身分が上の人間にはへつらうタイプだと聞くし、横やりは可能だろう」

一見すると華奢《きゃしゃ》で柔和《にゅうわ》なヴィクトルだが、決闘という物騒な話に動じることはなかった。にっこりと、どこか楽しげに了承する。

ヴィクトルは自分の前に置かれた皿から、フロランタンを一つ取ってさくりと食べる。

そのあとひょいひょいと二枚、三枚とつまんでいく。いよいよ空になるというところで、すかさず侍従がやってきて、追加のフロランタンとアイスボックスクッキー、マドレーヌで山盛りの皿と入れ替えた。

流れるような動きだし、ヴィクトルは積まれたお菓子の山に何も言わない。

（甘党なのかな）

シンは自分も二枚目のフロランタンに手を付けながら、小気味よく食べていくヴィクトルを眺める。その細身の体のどこに……という勢いで、吸い込まれていった。

先ほど、ヴィクトルはペレペル入りの焼き菓子を多く食べてしまったと言っていたが、こんな調子で食べていたのなら納得だ。

全く下品ではないものの、かなりのハイペースである。

「まあ、ポーションの件の有無にかかわらず、君のことは気に掛けていたからね」

「え？」

「ティルが嫉妬して、鬱陶しいほどに手紙をよこしてきたからね。君との学園生活が羨ましいみたいだ」

なんでその名前が出てくるんだと、シンは首を傾げたが、ヴィクトルとティルレインは、隣国の王族繋がり。年齢も近いし、交流があってもおかしくない。

確か、トラッドラの王妃は元ティンパインの王子。性別メタモルフォーゼ系王妃は、ティンパイン国王グラディウスと兄弟である。

そう、ヴィクトルとティルレインは、従兄弟《いとこ》でもある。

（しかし、あの馬鹿犬、余計なことを……）

これ以上権力者の視線を集めたくないシンである。

「去年はあのティルがヴィクトリア嬢との婚約破棄をやらかしたと聞いて耳を疑ったが……無事に縒《よ》りが戻ったようだし、良かったよ。彼女の他にあのティルの手綱を握れる令嬢はそうそういないだろう。あの二人はなんだかんだ言っても仲が良いからね」

「ティルレイン殿下はお元気そうですか？」

「この前、宮殿で見た時は、今まで見たことがないくらい楽しそうなヴィクトリア嬢に、おっきなリボン付けられて、ニコニコしていたよ」

のほほんとしたヴィクトルが「あれはどういう遊びだったのかな？」と首を傾げている。

どんな状況だ。シンは突っ込みたかったけれど、二人とも楽しそうだったのなら野暮《やぼ》なことは言わないでおこうと、口を閉ざした。無駄につついて、藪蛇は避けたい。

（そもそも、ヴィクトル殿下はどの辺まで事情を知っているんだ？）

シンが神子というところまで知っているようなそぶりは、見せていない。

お馬鹿だがとっても健やかなティルレインは、うっかり余計なことを手紙に書きそうだが、その辺はルクスがしっかりチェックしているのかもしれない。

捉えどころのないヴィクトルから聞き出すのは、少し骨が折れそうである。

穏やかな物腰で敵対する気配はないが、踏み込んだ会話をするほどの信頼関係はないし、ここはヴィクトルのホームである。シンは一人で来たため、援護は見込めない。

何があっても自分一人で対処する必要がある。

余計なことは言わない方が得策だろう。沈黙は金、雄弁は銀である。

シンもにこやかな営業スマイルを、無害そうな顔にぺったりと張り付けた。さも安心した子供のような表情で、その場を乗り切った。

◆

最後まで礼儀正しく、交渉に慣れた様子の少年が帰っていった。

あれがヴィクトルのお騒がせ従兄弟殿の言っていた『親友（候補）のシン』なのだろう。

ヴィクトルは外面も要領も良い方だという自覚がある。年齢の割に、大人びているという自覚も。

彼の前では少し緊張していたようで、シンはとても大人しく行儀が良かった。鋭利なツッコミも、殴打のような常識のテコ入れも唸らなかった。

婚約破棄騒動があった当時、同じ学園内にいながらどんどん変わっていくティルレインに、ヴィクトルは驚いたものだ。

王族としては穏やかで朗らかすぎるほどの性格が、頑《かたく》なで攻撃的になっていった。

最初は王族としての自覚が強くなったのかと思ったが、それは横暴さに変わっていった。

ヴィクトルとしては、明るく賑《にぎ》やかなティルレインが好きだったのに、そんな彼らしさがどんどん失われていく。おかしな方向へと捻れ、屈折《くっせつ》していくようで、恐怖を感じたほどである。

やがてティルレインは、婚約者のヴィクトリア、侍従のルクス、兄のフェルディナンドやトラディス、国王夫妻の声にすら耳を貸さなくなった。

ひたすら、アイリーンという女性を賛美《さんび》し、擁護《ようご》するばかり。

その間、ティルレインの周りからはまともな人間が一人、二人と減ってどんどん孤独になっていく。

ヴィクトルが学園で最後にティルレインを見たのは、卒業式後のプロムナードだった。

すっかり変わり果てており、盛装していても、その顔はヴィクトルの知るティルレインではなかった。

そしてティルレインは、冤罪《えんざい》の罪状を並べ立て、婚約者を激しく問い詰めはじめる。

断罪というのも烏滸《おこ》がましい、罪というにはあまりに幼稚な理由。親切心からのアドバイスに対してさえ腹を立て、大罪のごとく罵る。

結局、ティルレインたちの断罪は、ヴィクトリア・フォン・ホワイトテリア令嬢によって丁寧に冷静に論破された。

その後、ティルレインはしばらく離宮で謹慎を命じられた。

心の病《やまい》かもしれないという噂が流れ、なかなか会えなかったが、ヴィクトルはなんとか見舞いという口実で面会を取り付ける。

久々に会ったティルレインは、ヴィクトルの親しんだ朗らかで明るい従兄弟ではなかった。

長年侍従を務めるルクスすら邪険に扱い、追い払うようになっていた。ヴィクトルの声にも耳を貸さず、ひたすら側近候補だった愚昧《ぐまい》な男たちか、毒婦アイリーンと会いたがっていた。

そのまま王都から追いやられたティルレイン。

もう、親愛なる彼は戻ってこないと半ばあきらめていた――が、冬が明けて戻ってきたティルレインは、毒婦に会う前の彼だった。あの少しやかましく、人懐っこくて優しいティルレインである。

悪質な精神干渉の魔法に掛けられていたが、運よく原因が特定されて治療できたという。

その詳細までは明かしてもらえなかったが、ティルレインがやたらとシンの名前を手紙に出すあたり、相当お気に入りで、心の支えになっていたことが窺えた。

意外と慇懃無礼《いんぎんぶれい》で、容赦なく、少しドライ――だが、面倒見が良い。

(見かけは小っちゃくてハムスターだな。そういえば、ティルは以前、黒っぽいハムスターを飼っていたな)

ふと、ヴィクトルの中で、幼い頃ティルレインに見せてもらったハムスターの黒い円らな瞳と、シンの黒い瞳が重なって見えた。

動物全般大好きなティルレインである。

本人曰く、動物に好かれる――というより、ちょっと舐められやすい。

警戒心の強い動物や、子供だろうが、小動物だろうが「なんだこのクソザコ」と言わんばかりに怖がられない。そんな良いんだか悪いんだかわからない才能を、ティルレインは持っている。

「シンとやらは随分と肝が据わっているし、警戒心が強そうだな。うーん、ぜひ侍従にスカウトしたいところだけど、ドーベルマン宰相とはやり合いたくないから、やめておこうかな」

ヴィクトルが肩を竦めて言うと、侍従が「その方がよろしいかと」と、新しいお茶を素早く淹れた。スコーンやクロワッサン、プチケーキがきっちり三段に収まったケーキスタンドを置く。

この王子の腹は、先ほどのお菓子程度では全く足りていない。

一応、客人の前だから抑えていたので、少しも満たされていないだろう。

この部屋に入る前に、軽食を食べさせておいたが、それでも一時間ともたないと、侍従は経験上わかっていた。

「あの少年、ドーベルマン夫人の相当なお気に入りと聞きます。下手にちょっかいを出しますと、マリアベル王妃殿下とタッグを組んできますよ」

「うっわ、怖。絶対やめとく」

思わず両腕を抱いて身震いするヴィクトル。

ティンパイン王侯貴族婦人のパワーは割と洒落にならない。

特に、ミリアとマリアベルは名だたる女傑《じょけつ》の中でも、敵に回したくない人間の筆頭だ。

迂闊なことをすれば、妻大好きな夫もアップを始める――地獄の連鎖に突入する。

その辺の見極めはできるヴィクトルであった。

◆

学園の生徒内ヒエラルキートップに確約を貰ったところで、シンはいよいよ戦いに打って出る準備を始めた。

怪我が原因か、謹慎を食らっているからかは知らないが、幸いシフルトが学園に登校してくる気配はまだない。

シフルトは日頃の行いの悪さから、着々と評判を落とし続けている。彼がレニを諦め、シンへの八つ当たりをやめない限り、いくらでも悪評は積み重なる。

人の噂も七十五日と言うが、さすがにそれより早く戻ってくるだろう。

あれ以来ヴィクトルは、学園内で時折見掛けると、シンにこっそり手を振ったり、茶目っ気《ちゃめけ》のあるウィンクをしたりしてくることがある。

学友と側近たちは、話は通っているらしく、特に気にする様子はない——もしくは、表に出さないように、しっかり教育されているのだろう。

ただ、サロンルームで対応してくれた侍従の青年は、そっとお菓子を握らせてくるので、謎である。

これが山吹色《やまぶきいろ》のお菓子の類《たぐい》で、シンの正確な身分がバレていたというのなら、貴族扱いされるのも納得がいくのだが。

「羨ましいでござる」

カミーユはじっとりとした目で、シンが今日貰ったメレンゲクッキーを見ていた。

タバサ事件以降、よく知らない相手からのお菓子は一切貰わないことが暗黙の了解になっている。

下手な下剤より効果抜群のペレペル菓子によって、肛門括約筋《こうもんかつやくきん》が無力化され、青春に極大の暗黒点を残す羽目になった生徒や、それを目撃した者は少なくない。

ただ、信用している相手からなら、普通にやりとしている。

「みんなで適当なところで食べようよ」

「やったでござる！」

喜んでいるカミーユは、きょろきょろしながら開いている場所を探している。

「なんで僕にばっかり渡すんだ……？」

シンは貰ったクッキーを見て首を傾げる。

「あれやん？　シン君ってこんまいし、なんか全体的に細い体形やん。太らせたくなるんやない？」

ビャクヤの言葉を、レニが軽く否定する。

「別にシン君、小食じゃないですけどね」

シンも成長期だから、そこそこ食べる。カミーユほど燃費が悪くはないので、しょっちゅう腹ペコなわけでもない。だが、これくらいのクッキーは普通に平らげられる。

一人でも食べきれるこのクッキーを四等分にしたら、瞬殺だろう。

「シン君、本当に決闘を受けるんですか？」

「受けるまで粘着されそうだし、逃げ回っても他所に被害が出そうだしね」

心配そうなレニに、シンは肩を竦めて答えた。

それに、相手はろくなことをしない雰囲気がプンプンするシフルトだ。二度と決闘をしたくなくなるように、容赦なく叩き潰すつもりだった。

「ただ、あっちがどういう決闘をするかだよ。多分、一騎打ちや白兵戦ではないだろうな」

学科混同授業の中には対戦式の実技もある。シンはそこで、シフルトと当たったことが何度かあった。シフルトがシンを叩きのめす目的で、半ば吹っ掛けるようにして声をかけてくるのだ。

長い詠唱と溜めがあるシフルトの魔法は、完成して正しく放たれれば威力は高いが、一対一では全く無意味な攻撃だ。

詠唱のために集中できるだけの時間を稼ぐ必要があるため、グループ戦でもない限り、詠唱中に叩かれておしまいである。

「せやけど、シフルトはせこい奴だから、絶対魔法系で攻めてくるやろ」

「座学とか？」

シンの予想に、ビャクヤが首を捻る。

「あっちは貴族科の魔法専攻、シン君は普通科のオールラウンド系やから、あんま重ならんやろ。そんな不公平なことはさすがにせえへんと思うんやけど」

「あの卑怯なシフルトが、そんなまともなことを考えると思います？」

さらりと辛辣《しんらつ》なレニである。とにかくシフルトへの当たりがきついし、冷たい。

「シフルトはただ単に派手好きだから、自分も魔法の腕前をアピールできるものを選ぶ気がする」

「そうなると、射的《しゃてき》でござるか？　対戦で散々負けているなら、そういう手もあるでござるよ」

「シン君の得物は弓やで？　相手の得意分野でいくか？」

ビャクヤはカミーユの意見に否定的だが、シンは意外にありだと思っていた。

「自分のお得意の魔法を時間関係なく披露できるなら、あっちとしても悪くないんじゃない？」

「ああ、あの人、やたらと魔法を見せたがりますよね。派手なだけで纏まりが悪く、威力もイマイチな、効率も何もない構築ですけど」

別に自分が批判されているわけでもないのだが、レニから溢れ出る嫌悪の毒舌に、シンはちょっと腰が引けてくる。

そんなシンとレニの言葉を聞いて、ビャクヤは「うーん」と考える。

「シフルトはエライ見栄っ張りやから、十分あり得るな。射的なら訓練場とか使えるやろし。観客呼んでシン君を晒し者にしたるっていう根性悪い魂胆《こんたん》にも最適やん。それに、射的なら狩人のシン君の面目潰せるとか考えてそうやな」

的に細工することもできるし、それなら命中率が悪くても派手な魔法で誤魔化してカバーできる。

矜持もへったくれもない卑怯すぎる考えだが、それをやりそうなのがシフルトだった。


四人がそんな会話をした数日後、復学したシフルトからさっそく連絡が来た。

決闘の申し込みではなく、既に拒否権なしの果たし状が来ていた。

来週、訓練場に来いという旨で、そこで射的の腕で勝負をする。

シフルトは魔法、シンは弓矢でそれぞれ技量を競うということである。

シンが貰ったそれを見て、すぐさまビャクヤがにやりと笑った。

「シフルトが用意した弓矢や的に細工するに千ゴルド！」

シフルトが不正するという前提で話が進んでいた。ある意味抜群の信用である。

「ここは定番の、弦が切れる仕様にさらに千ゴルド」

レニが冷静に、そしてツンドラの視線で果たし状を睨みながら追撃した。

「弓が折れるように、最初からヒビが入っているに五百ゴルドでござる」

金欠カミーユはちょっと金額が下がったが、なかなかベタなチョイスをしてきた。

この会話を聞いて、周りも次々と、的に細工だの、ヤジによる妨害だのと、あらゆる不正の案を出してきた。賭ける金額とともに。

勝敗の予想ではなく、完全に不正内容の予想だった。

「勝負は賭けないの？」

呆れるシンに、ビャクヤとレニが平然と答える。

「それじゃ成立せえへん」

「どうせシフルトが勝っても、不正で無効試合になりそうですし、不正内容に賭けた方が勝負が成立しますよ」

「くっ……某の財布がもう少し足りていたならば！」

酷い言われようだった。


その後のシンの生活は概ね平和だった。

あえて挙げるとすれば、ことあるごとにシフルトが「決闘から逃げるなよ」と忠告してくることだ。

シンはそれに対して「ハイ」「ワカッテイマス」と定型でのみ返事をしていた。

その目には、意欲より諦めと面倒という文字が並んでいる。

シフルトはそんなシンのぞんざいな態度に気づかず、暇さえあればレニの姿を探してチラチラと見ていた。

シンにいちゃもんをつけたいというのもあるが、メインは傍にいるレニに会いに来ることのようだ。

その浮ついた姿に、レニはますますシフルトを軽蔑《けいべつ》するし、貴族にとっての決闘の意義を汚《けが》していると、貴族科の生徒も眉をひそめていた。

ヴィクトルは当初の手筈通り、後から颯爽《さっそう》と現れて審判の座にしっかり居座った。

シフルトはシンとヴィクトルの密会を知らないし、〝ゲロゲリテロ〟の恩義の件についても知らないらしく、王族の前での晴れ舞台だと鼻息荒く張り切っていた。

息巻くのは結構だが、謹慎を何度も食らっているシフルトの単位は大丈夫なのだろうかと、シンは少し不安になる。

他の貴族科の生徒は、試験後でも色々と忙しそうである。

この前の試験の成績はもちろん、社交シーズンの関係や、今後行われる学園行事などで、今から気合を入れているそうだ。

リエルも部活には出ているが、忙しそうにしている。

「学園内でパーティがあるのよ。予算と雇える自分の使用人の数には決まりがあって、足りない分は人を雇い入れてセッティングするんだけど、難しいのよね」

決められた条件下で、どれほどのものを仕上げてくるかで競うらしい。

催しで勝負するもよし、料理や客人で勝負するもよしという、ハイソでセレブな実技があるのだそうだ。

◆

決闘の日まであと三日というところで、何やら興奮した様子で一人の生徒が駆け込んできた。

シンとその傍にいたビャクヤのところに駆け寄ると、彼は開口一番報告した。

「なあなあ！　シフルトの奴、放課後にコソコソ訓練場の裏で何かしていると思ったら、的に細工してた！　なんか入れていた！」

その言葉にある者は青ざめ、ある者は喜色を浮かべて飛び上がった。

後者はシフルトの不正予想賭博で、〝的に細工する〟に賭けた生徒たちで、前者はそれ以外だ。

「ちょお待ち？　もしかしたら、そのあとで抜く可能性があるから、まだ支払いはできひんよ？本番の時にきっちり証明されてからや。まだ他にもあるかもしれへんし」

賭けの胴元として不正予想賭博を取り仕切るビャクヤは、本番までに状況が変わる可能性があるので、まだ賭けは成立しないと、首を横に振った。

「ちえーっ、じゃあとりあえず、ヴィクトル殿下にご報告しとくか」

「それは必要やね。もし火薬なんて入れとったら、シャレにならんことになるやろな」

シフルトは火の魔法や氷の魔法など、複数の属性を使える。単一属性の魔法のみという魔法使いも珍しくない中、やはり血筋もあって優秀なのだろう。

時折、努力の方向が捻じれたリズムでカッ飛んでいるが。

◆

ヴィクトルは、次々と来る報告に呆れかえった。

こうしている間にも色々な生徒からの密告が溜まっているだろう。

シフルトの醜《みにく》い行いに頭痛がしてきた。それを紛らわすように、ヴィクトルはこめかみを指でトントンと叩く。

侍従や側近たちも、ヴィクトルの考えがわかるのだろう。一様に顔色が曇っている。

決闘で不正行為など、愚《ぐ》の骨頂《こっちょう》である。

ましてや、ヴィクトルが審判役を買って出たというのに、シフルトは堂々と不正行為の準備をしている。

的への細工、弓矢への細工、妨害工作のヤジの雇い入れ——一般生徒から報告の嵐だ。

決闘で安い金銭の賭博《とばく》が行われるのは珍しくはない。掃除の肩代わりなどを身近な仲間内で賭けることもある。

学園内での、ちょっと良くない娯楽であるが、余程のことがない限りは咎《とが》められない。

だいたいが、子供の小遣いで済む範囲の賭け事だからだ。

その辺のラインがきちんと見極めができないと、容赦なく教師にしょっ引かれる。

シフルトとシンの決闘の賭けが、勝敗ではなくシフルトの不正予想賭博になっていると聞いた時はヴィクトルもさすがに呆れたが、全くもって笑えない事態だ。

当初ヴィクトルは自分一人で審判を務めるつもりだったが、シフルトの予想外の工作や妨害にも対処できるよう、複数人の審判を出さざるを得なかった。

「……シフルト・オウル伯爵子息は決闘の意味をわかっているのか？」

ヴィクトルの問いに、侍従が静かに答える。

「わかっているとは思いますが、都合よく捻じ曲げているかと」

「彼は、私が、こんな不正をする人間を、貴族だからという理由だけで、見逃すと思っているのか？」

はなはだ遺憾《いかん》である。

確かに、状況によっては忖度《そんたく》する必要がある時だってある。

空気が読めないというのは、あらゆる場面で致命的なことになる。ヴィクトルは、それなりに臨機応変にできるタイプだ。

だが、この決闘においては、〝公平・公正を第一に〟と考えている。

彼としては、シンに味方をしてあげたい状況である。

恩義を抜きにしても、審判をしてほしいと頼みに来た少年は礼儀正しく、とても利発であった。

有能な人脈を求めているヴィクトルにとって、あの聡明《そうめい》さは好ましかった。

伯爵子息という、立場が上であるシフルトから守ってほしいと泣き付いてこなかったのも良い。

目立つタイプではないが、光るものがある――そこがチェスターの目に留まったことも、想像がついた。

チェスター自身も頭の回転が速いだけあって、自身についてこられる人間に対して好意的である。

「的には何を入れていたか、調査は終わったか？」

「火薬でした。『スギノン火薬《かやく》』です」

報告を聞き、ヴィクトルが眉間にしわを寄せる。

「ふざけるなよ。スギノン火薬は適切な量で使用しないと、とんでもないことになるだろう？」

「ええ、かなり危険な量を仕込んでいました」

くしゃみ、鼻水、目の痒み――いわゆるアレルギー反応に近いものが出る。主に嗅覚や視覚が鋭敏な魔物や獣の感覚を鈍《にぶ》らせるのに使う。

安価で手に入りやすい火薬で、少量であれば、安全である。

しかし、そんなものを訓練場のど真ん中で使ったら、見に来た生徒に酷い被害が出るだろう。

(自分だけ対策して、魔法で風向きを操るつもりだったのか？　恥知らずめ)

そんなシフルトの手助けをするのは、同じ穴の狢《むじな》くらいだ。

行きすぎた選民思考を持ち、状況が読めていない愚か者である。

不正予想賭博絡みもあり、この決闘を注視している生徒は多い。そうとは知らずに、シフルトは大きな声でシンを叩きのめせるなどと、よく吹聴《ふいちょう》しているそうだ。

さらに、不正幇助《ふせいほうじょ》させるために、勝手にヴィクトルの名前も出しているという。

不愉快だし、同列に扱われることは極めて許しがたかった。

「オウル伯爵家に、ご子息の言動を控えさせるように伝えなさい――同類だなんて括られたらたまらない」

シフルトは勝手に同族意識を持っていた王族を、知らぬうちに敵に回していたのだった。

だが、ヴィクトルの対処はまだ温厚な方だし、真っ当な警告だ。

彼は第四王子とはいえ、正しく国王の父と王妃の母を持つ継嗣の一人だ。変な派閥の神輿《みこし》に乗せられでもしたら、兄弟姉妹と骨肉の争いをする羽目になることだってある。

ヴィクトルはそれを望んでいない。だから、災いの芽は潰す。

たとえその過程で、一人の少年の人生に暗雲が垂れ込めたとしても、その者自身の迂闊な言動が原因なら、心も痛みはしないのだ。

第七章　決闘、決着

賭博開催日――ではなく、決闘当日、シンは魔道具の魔弓グローブを装着していた。

その姿は制服ではなく、念のため冒険者として動き回る時用の厚手で丈夫な動きやすい服装である。

シンは観客を拒否したかったが、多くの見物人が集まっている。

シフルトが勝手に見世物にしまくる前提で話を広めていたので、後でそれを収拾するのも難しくなっていたのだ。

王族であるヴィクトルでも、さすがに強引に排除するには難しいと判断し、聞き苦しいヤジを飛ばしたり、物を投げたりしないよう、厳しく通達があった。

控室には、シンの他にカミーユとビャクヤがいる。

レニは捨て身の陽動のため、あえて一人で行動してシフルトに取っ捕まっている。

珍しくシンが傍にいないレニに、シフルトは喜んで尻尾を振って近づいてきたそうだ。

「危険性を憂慮《ゆうりょ》し、ヴィクトル殿下の指示によって、内密に的の火薬は減らされているでござる。

スギノン火薬は大体出せたそうでござるが、それでも一部は的の中に残ってしまっているそうでござる。騎士科の生徒たちが、万が一の誘導係として配置されているでござる」

ヴィクトルはもともと静観する予定だったが、シフルトの無茶苦茶ぶりと、周囲への被害を考えて、行動せざるを得なかったのだろう。

ヴィクトルたちは本当なら的ごと替えたかったところ、不器用なシフルトが細工に失敗して訓練場の的をいくつも壊してしまい、替えがないらしい。

事前に新しいものを用意して、当日にすり替えようとしていたものの、壊しすぎたシフルトは、その予備の的にまで手を出してしまった。

備品の破壊で弁償を求められないのだろうかと、シンは呆れながらカミーユの報告を聞いていた。

「あと、シフルトが用意した弓矢も触らん方がええよ。弓矢には細工でヒビが入れてあって、矢筒に油を仕込んだって聞いたで。滑らせて、重さも微妙に変えて邪魔しようってアタマなんやろなぁ」

はんなりと笑った後、ビャクヤは「いややわぁ」と侮蔑を込めてうっそりと笑う。

不正予想賭博の胴元には、様々な情報が寄せられている。もちろん、その情報はヴィクトルにも流している。

節操がなく、なりふり構わないシフルトのやり方は、目に余る醜悪さだった。

「某は警備の待機場所に行かなくてはならないでござるが、シン殿も気を付けてくだされ」

「うん、ありがとう。ぶっちゃけ、風や火の魔法を使えるから、ヤバそうだったら適当にこっちで処理する」

カミーユは少し後ろ髪を引かれる様子で、控室から出て行った。

ビャクヤは同じ騎士科でも、警備や危険時の誘導役にはなっていないようだ。

「シン君、薄々思ってたんやけど、狩人じゃなくて『魔弓士《まきゅうし》』なん?」

じっとシンのグローブを見つめながら、ビャクヤは耳をピコピコと揺らす。

シンとしては魔法も弓も使えたら便利だから覚えていったので、そんなニッチな上級職っぽいモノになった記憶はない。

「まきゅうし? うーん、ソロ活動が多かったから、どっちも使えないと危ないことがあって、使えるようになったって感じかな」

「そんなんでホイホイ使えてたまるかっちゅう話やけど、シン君ならできそうなんがなー」

「この魔弓を使えるグローブだって、慣らし中だし。僕なんてまだまだだよ」

「……そんなんで決闘受けてええん?」

「だって今回の的は、魔物や獣と違って毒を出したり、襲い掛かってきたり、凄い速さで飛ぶわけじゃないし」

「そりゃそうやな」

「念のため、回復・解毒系のポーションも用意してあるから。ほら、余った分あげる」

瓶詰めするにも半端な量が残ってしまい、処分に困っていた物だ。

これは貴重な素材だという白マンドレイクを使用した、新しいレシピのポーションで、ピコやグラスゴーには好評だった。

マンドレイクを使用した上級ポーションのレシピを、白マンドレイクに置き換えただけだが、かなりの魔力濃度のため、強い効力が期待できると、グレゴリオは大興奮していた。

「おおきに。なんや、瓶の大きさの割に量が少ないんやね？　希釈《きしゃく》するタイプとか？」

「いや、単純に量が足らなくて。余分に空気が入っているから、品質劣化しやすい。怪我じゃなくても、栄養剤代わりにでも使うといいよ」

不正予想賭博で小遣い稼ぎをしていると思いきや、ビャクヤは胴元という立場を利用して情報収集をしていた。

ヴィクトルやシンが動きやすいように、絶妙に周囲への情報の流し方を変えている。

一方で、噴火しそうなほど怒っているレニを宥め、突っ走りそうなカミーユに役目を与えて注意を逸らしていた。

ビャクヤは、この決闘が下剋上であると理解している。

それを良く思わない者がいたとしても、ヴィクトルという校内屈指《くっし》のインフルエンサーが取り仕切っていれば表立って批判は来ない。だが——陰で何かをしようとする者が出てもおかしくない。

そういう者は大抵、真剣勝負だろうが、人道に悖《もと》ろうが、貴族が平民に負けるのを良しとしない連中だろう。

幸い、シフルトは愚かだった。

ビャクヤは陰で、〝貴族の矜持を汚す馬鹿が自滅した〟という印象操作を行っていた。

シフルトの愚行を積極的に宣伝し、周囲に探るように扇動《せんどう》する。不正予想賭博は、その一環にすぎない。

決闘は、関係者以外にとっては娯楽のようなものである。それを更に享楽的にするため、賭博というスパイスを入れる。

遊戯であれば、周囲も盛り上がるのに罪悪感はない。

情報合戦という名の裏で、決闘を——貴族の誇りを汚す愚か者は罰せられるべきだという下地を作っていた。

人知れず、ビャクヤは艶やかに嗤う。

(狐はなぁ、義理堅いとこもあるんやけど——怒らせると執念深いんよ?)

友人を傷つけようとしているのだ。

とびきり深い傷跡を残してやろうじゃないか。

神聖な決闘でこんな汚いことをしておいて、シフルトはこれから貴族社会でどれだけ肩身が狭い思いをするだろうか。勝とうが負けようが、もはや関係ないところまで落ちるに違いない。


シンが訓練場に入ると、一生懸命レニに話しかけているシフルトの姿が目に入った。

自ら囮《おとり》として出向いたレニ。覚悟していたとはいえ、疲れ切って虚無顔だ。本来美少女であるはずなのに、金髪こけしと化していた。

視線を巡らせると、シフルトが用意したらしい弓矢や矢筒が置いてあるのが見える。

よくよく見れば、やたらテッカテカしているし、近づけば仄かに油臭さを感じる。

シンが周囲を検分している間も、シフルトは神聖な決闘前だというのに、女子を必死に口説《くど》いていた。大変浮ついている。

その姿に公平であるはずの審判たちは、怒りをひた隠した真顔だ。中には抑えきれない軽蔑や呆れを滲ませている者もいる。

審判ですらそうなのだから、観客――特に貴族や騎士たちは殺気立ってシフルトを睨んでいた。

あの殺気に気づかないのは、ある意味凄い。

ヴィクトルは美貌を引き立てるロイヤルスマイルであるが、どことなく不愉快そうで、刺々《とげとげ》しさを感じる。

シンが小さくお辞儀すると、ヴィクトルはヒラヒラと手を振り返してきた。

初恋を叶えようと必死なシフルトは放っておくとして、シンは魔弓の微調整を始める。練習用の的にいくつか放つと、どれもど真ん中に命中した。観客から感嘆《かんたん》の声が上がる。

シンの姿を認めたシフルトがぎょっとした。

「おい、平民！　決闘だというのに、なんだそのショボイ服は!?　もっと場の空気を読めんのか！」

そういうシフルトは、Ｔｈｅ魔法使いな真っ黒な長いマントの下に、けたたましい刺繍のフロックコートやベストを着込んでいた。

魔道具らしいネックレスや腕輪だの指輪だのをじゃらじゃらつけている。

総合すると「中二病を患っていらっしゃるのか……」と「圧倒的な成金感」を足して煮凝《にこご》りにした、カオスファッションであった。

レニのこけし顔は、この痛々しいファッションセンスを強制的に視界に入れさせられていたからかもしれない。

ちなみに、長すぎるマントは引き摺っている。

「ああ、貧乏人は晴れ着の一つも用意できなかったのだな？　仕方ない。俺様が貸してやってもいいんだぞ！」

そう言って、シフルトは何やら含みのある笑みとともに、ズイッと衣装を押し付けてきた。シンはその中に、何かきらりと光るものを見つける。

（……針が仕込んである。せめて見えないように内側に仕込めよ。まあ、着ないけど）

すぐに看破される、非常に雑な細工だった。

シンはアルカイックスマイルを浮かべて、気づかないふりをした。

「お気遣いありがとうございます――ですが、オウル伯爵子息をお待たせするのも恐縮ですので、このままで結構です」

そして、受け取った服を右から左へ、傍にいた審判の一人に渡した。

小細工をした服を目の前で審判に渡されたシフルトは、真っ青になって取り返そうとする。

その様子に、レニだけでなく、審判も「あ、なんかしてやがったな」とピンとくるというものだ。

ちなみに後に調べた結果、裁縫針《さいほうばり》が五本仕込まれ、触れたらかぶれる毒蛾《どくが》の粉が振りかけられていた。なお、シフルトは厚めの手袋をしていたため、かぶれもしなければ、刺さりもしなかった。

善意に見せかけた悪意百パーセントの贈り物が失敗したシフルトは、歯噛《はが》みしてシンを見ている。

だが、諦めの悪いシフルトは、テッカテカにやたらと輝いている弓矢を一式持ってきた。

恩着せがましく「これを使うがいい！」と言うが、シンは即座に首を横に振る。

「僕はこの魔道具のグローブで競技をするので、そちらの弓矢は不要です」

「審判！　平民が怪しい魔道具を持ち込んでいます！　それは反則です！」

シンに使う気がないとわかるや否や、シフルトは露骨な審判の抱き込みに走る。

その卑怯な姿を、周囲の人々が呆れて見ている。シフルトはいちいち仕草が大仰で、声を張り上げているので、余計に注目を浴びていた。

「魔道具が反則なら、君の装飾品を全部没収するよ」

ヴィクトルがクッキーを片手に、やる気がなさそうに常識的なツッコミを入れた。

シンはこのグローブしか持ってきていないが、シフルトはこれでもかというくらいに魔道具を身につけまくって、過剰なほどバフを盛っている。

多分、服の下にも隠しているだろう。

あまりに装着しすぎて、互いの機能が上手く作用していないのか、魔力が変に渦巻いて、少し空間が歪んで見える。

一つ二つ没収されても平気だろうに、シフルトは一つとして譲りたくないらしい。

ヴィクトルの指摘に愕然《がくぜん》としつつも、諦めた。悔しそうにしながら、シンを睨んでいる。

だが、今更になって審判たちの冷たい視線に気づいたのか、地団駄《じだんだ》に似た歩みで自分の位置に着いた。

（子供かよ）

シンはこっそり嘆息する。

いや、十二、三歳なら、日本的な考えだと義務教育中の未成年である。そして一応、ティンパインでもまだ子供の範囲であった。

しょっぱなから問題が玉突き事故を起こしている。

フェアプレー精神はシフルトにはないのだろうか。シンが軽く意識を飛ばしていると、いつの間にか、茶菓子の入ったバスケットを持ったヴィクトルが隣に来ていた。

「ねえ、シン君。もう今までの不正報告とか、ネタは掴んでいるのだから、シフルトを学園で査問するのはどうだろう？」

「いや、本っ当に巻き込んですみません」

シフルトのなりふり構わなさが予想以上に酷かった。シンが頭を抱えたいくらいである。

だが、ヴィクトルはシンに対して煩わしさは覚えていない。むしろ、あそこまでの際物《きわもの》に目を付けられた彼に同情していた。

「構わないよ。私としてもね、全ての王侯貴族がアレと同じ考えを持っているとは思ってほしくないからね——だが、彼と同じような選民思考を持った者たちも、少なからずいるのは事実だ」

それを表に出して騒ぎにさえしなければ、ヴィクトルだって咎める気はない。

事実、貴族と平民の生活や考えた方には大きな隔《へだ》たりがある部分はある。

それぞれの立場、役目、生い立ちがあるから、当然ではある。

「その辺は理解しています。とりあえず、レニに付き纏うのはやめてほしいから、勝つつもりではいます」

ヴィクトルや学園から怒られれば、シフルトも一定期間は大人しくしそうだ。

だが、確実にシンを逆恨みする。ネチネチネチネチとしつこく粘《ねば》っこく絡んでくるだろう。

一方、ここで強く叩き潰せば、シンに対してより深い憎しみを覚えるかもしれないが、苦手意識を植え付けることも可能だ。

シフルトは苦手なタイプは避けて通る性質《たち》である。

自分がマウントを取れる相手を選んでいるから、一見すると大人しそうな美少女なレニが狙われた。

とはいえ、入学当初は押され気味だったレニは、最近開き直りつつある。シフルトに対しては、他人として最低限払うべき敬意すら必要ないと判断している。

(大勢の前で、何よりヴィクトル殿下の御前《ごぜん》で釘を刺せば、シフルトは引っ込むだろうな。権力に弱いから)

ヴィクトルの威光を借りる形ではあるが、シフルトが権力をかざして攻撃してくるのならば、こちらはもっと上の権力を盾にする。

シフルトの行動が一度きりであれば、これほどまでに取り沙汰されないものだ。

だが、何度も何度も繰り返し、周囲の叱責や制止を無視して、やってはいけないことを繰り返せば、問題になる。反省の色もなければ、なおさらだ。

挙句、決闘など大衆の目に留まることをしでかした。

今回の決闘で、シフルトに味方した人間も多少いたのだろう。

そうでなければ、この短期間に、シフルトだけで火薬、衣装、裁縫針、油、弓矢などを全て揃えることは難しい。シフルトが、一度に複数の作業を並行して行うのが苦手なのは、今までの行動パターンからして明らかだった。

今、シンは非常に有利な状況にある。

シフルトの方は、たくさん用意した不正の小細工がことごとく失敗している。

自分側の人間だと思っていたヴィクトルは、シフルトの考えに寄り添ってくれない。それどころか、他の審判たちも含めて冷ややかだった。

いくつも策を練っていたとしても、それが次々と失敗しているのが目の前でわかると、焦燥感は増す。元々、シフルトは辛抱強くもないし、ポーカーフェイスも苦手だ。

余裕綽々《よゆうしゃくしゃく》でレニを口説いている暇などなくなっている――というか、レニはシンがちゃんと準備できていると確認し、早々に離脱していた。

心なしかげっそりした様子でシンの後ろに戻ってきたレニに、見かねたビャクヤが先ほど貰った余りポーションを譲っていた。

自己中で軽薄《けいはく》な言葉がよく飛び出るビャクヤだが、意外と仲間思いなところもある。

カミーユの試験の時もそうだったが、身内に対して面倒見が良いのだ。

「では、それぞれ競技位置につくように。決闘をはじめ……ん？」

手に持っていたバスケットのお菓子がいつの間にか空になり、ヴィクトルは準備時間の終わりその言葉が不自然に途切れたと思うと、訓練場にガラガラと大きな物が荷台で運ばれてきた。

練習用の的の数倍は大きな的だった。

「なんだあれは？」

ヴィクトルの表情筋《ひょうじょうきん》がついに死んだ。声のトーンが一つどころか三つくらい低い。

シンだけでなく、レニやビャクヤ、他の審判までも、ヴィクトルから三歩は下がった。

そこだけ北極のような冷え冷えとした空気が流れはじめている。

しかし、空気が読めないことに定評のあるシフルトは、この気まずい雰囲気の中でも得意満面で胸を張っている。

「この決闘用に、特注した的です！　あんな小さい的では、観客も見えづらいでしょうから！」

「聞いてないぞ」

「サプライズです！　商業科に職人や材料を集めさせて、なんとかギリギリ間に合わせました！」

審判サイドまで知らないのはいかがなものか。事実、審判たちはヴィクトルを含めて顔面が青筋《あおすじ》いっぱいのマスクメロンになりそうだ。果汁ではなく怒気が溢れ、糖度ではなく怒りの温度が上がっている。

確かに、シンの身長の二倍はありそうな的は、遠くからでも良く見えそうだ。だが、ここまで大きいと、余程下手に撃たない限り外れない。射的の腕を競うはずの決闘としては、かえって盛り下がりそうな的である。

ビャクヤとレニが顔を引きつらせる。

「なんやあれ。目隠ししてもあの方向に撃てば当たるんちゃう？」

「初心者用の的より大きいですよね」

「おやおやおやー？　高名な術師の家とはいえ、やはり貴族ではないナインテイルには理解できないようだな。いいか？　決闘とは青き血の誇りを賭して行う神聖なものだ！　だが、俺様は持つべき者として、この決闘に相応しいエンターテイメント性を加えたのだ！」

シフルトは貴族たちの地雷の上で、盛大なフラメンコを舞った。

神聖な決闘を俗物的な娯楽に貶《おとし》めるような行いに、本当のノーブレス・オブリージュの精神を持つ人々が暴徒寸前である。

決闘に関係のない人間が遊戯のような賭博をするならともかく、決闘する本人のシフルトがこんなふざけた真似をするのは許されなかった。

ただでさえ罪状がミルクレープ状態だったのに、火に油どころか火薬を注ぐ勢いだった。

ちなみにビャクヤは、シフルトに馬鹿にされたことよりも、周囲でバチバチに殺気立つロイヤル&ノーブルに恐《おそ》れおののいていた。余計な火の粉を被りたくなくて、そっと口元を裾《そで》で隠して、はんなりと微笑む。

レニは疲れがぶり返してきたように、こけしになりかけていた。せっかくポーションで回復したのに、常識人には理解の追い付かないシフルトの超常理論によって処理落ちしている。

これは理解してはいけない境地なので、ある意味正しかった。

そんな中、この状況をどうにでもできるヴィクトルは、ひたすら耐えていた。シンとの約束のために、なんとか我慢した。

シンからの願い出がなかったら、自分が今すぐシフルトのアホ面に手袋を投げつけたいくらいである。シンの代わりに決闘してやりたいと、割と切実に願っていた。

最早公平にするのすら難しい。

主にシフルトの悪行のせいで。

今日も墓穴掘り職人シフルトは絶好調だった。

「シフルト・オウル。神聖な決闘なのだとわかっているなら、早く自分の場所へ行きなさい」

鉄壁のロイヤルスマイルで、なんとか怒りを抑えつけたヴィクトル。

気のせいでなければ、空になったバスケットを握るその手の辺りから変な音が聞こえている。

バスケットの取っ手がギチギチと、圧縮されるように軋《きし》む。

侍従の青年はバスケットを回収したいようだが、主人が怒りのあまり万力《まんりき》の如き握力で握りしめていて、回収できないようだった。

勘違いの天狗野郎《てんぐやろう》シフルトは、そんな怒りに気づかず、渋々自分の位置に戻っていった。

その油断しきった後ろ姿に一太刀《ひとたち》浴びせるかの如く、鋭く潜めた声が漏れる。

「社会勉強として懲罰房《ちょうばつぼう》にでも招待してやろうか……チッ」

ヴィクトルの中性的な美貌が、地獄の使者のようになっている。

良い子のシンは、何も見ず、聞こえないふりをした。

ヴィクトルの側近や侍従たちは審判として動いている。

だが、間近で貴族の恥を晒しまくるシフルトに、彼らもいい加減堪忍袋の緒が切れかかっていた。

しかし、ここで感情任せに激昂しないだけ理性はあった。鋼より硬い理性である。

「もういっそ、決闘じゃなくて公開処刑に踏み切っていいかと」

「定番の火炙りなら、今すぐできそうですよ」

「薪と磔《はりつけよう》用の丸太はあの無駄にデカい的を解体すれば足りますし、催眠や幻影の魔法で、実際は火傷《やけど》しないけれど、痛みや熱さを錯覚《さっかく》させればいいのでは？」

良い子のシンは、そんな審判たちの会話も、聞こえないふりでやり過ごした。

「シフルト・オウル。確認だが、もしやその巨大な的は、最初に提案されていた例のモノか？」

「ええ、ヴィクトル殿下には断られてしまいましたので、自力で作ったのです」

シフルトは指示しただけで、実際作製したのは別の人たちだ。きっと脅されて作ったのだろう。

持ってきた生徒らしき少年少女たちは、物凄く疲れた顔をしているし、気まずそうだ。望んで加担したわけではないと、その表情がありありと物語っている。

だが、シンにはそれより引っかかることが一つあった。

「殿下、質問です」

「なんだい、シン君？」

「審判により棄却された的を採用するのは、不適切では？」

「ハハハ、当たり前だ。もちろん却下だ！　却下・没収・撤収！」

ヴィクトルが空々しい朗らかさで笑い、指をパチンと慣らすと、別動員として待機していたらしい生徒たちが出てきた。

ずっとスタンバイしていたのだろう。ヴィクトルの指示に従い、怪しさ満点の的を手際よく回収していった。

ヴィクトルは無理に笑みを浮かべ続けて疲れたのか、眉間をもみほぐしている。

既にいつでも失格にできるネタは役満並みに揃っているので、ヴィクトルは勝敗が決まってからとっちめる気だ。

シフルトは騒いでいたが「失格にするぞ」と言われると、渋々引き下がる。それと入れ替わるように、審判がルールの説明を始めた。

「では、勝負方法を改めて説明しよう。決闘の競技は射的。あちらの的を、より多く壊した方が勝ちだ。的はそれぞれ十個あるので、先に全部破壊した場合は、そちらが勝ちとする」

「より的の中央を狙う得点形式ではなく、破壊すればいいのですね？」

「ああ、的を半分以上壊すか、三回以上当てたら破壊とみなす」

シンは納得した。すでに片付けられたが、あの大きな的はおそらく木製。

そして、火薬を調達していた話からして、シフルトは自分の魔法を派手に見せつつ、少ない魔力で破壊しやすく、有利に進めようとしていたのだろう。

より中心部を狙うタイプの競技だと、緻密なコントロールが求められる。

シフルトは魔法構築の速度だけならともかく、純粋な射的の腕は——マンドレイクにすらよけられていたし――良くないのだろう。それをカバーするために破壊方式をとったのは理解できた。だが、シンは慌てない。

（これ、今の魔弓なら簡単そうだな。普通の矢と違って、何度も番えなくてもすぐに三回当てられるし）

ふむ、と考えてシンが審判にそっと耳打ちすると、彼はヴィクトルと相談して頷きあった。

その結果、シンの方は最初から十個全ての的が並べられた。

いちいち的を交換してもらうのも時間が掛かるし、隣のシフルト側の魔法から余波が来る可能性だって十分ある。被弾したら危険である。

（それに、自分が劣勢だと思ったら邪魔してきそうだし）

的を並べることがルールに抵触しないのは、確認済みだ。

「なんだ、それ！　ズルいぞ！」

どの口が言う。誰もがそう思ったが、シンは「シフルト様もそうしては？」と、特に噛みつかずに流した。

この茶番をとっとと終わらせたい。完全に「神聖？　ナニソレオイシイノ？」という状況だ。

シフルトはそれもそうだなと、真似をして的を並べさせた。シンと同じ条件にするため、的は少しずつ離れて並んでいる。

的を並べ終え、二人とも位置についたところで、審判は周囲を確認するように見渡し、赤いフラッグを掲げる。

「では、互いに用意——始め！」

空を裂く音を立て、フラッグが振り降ろされた。

勝負は一瞬。

シフルトは魔力を練り、シンは起動した魔弓グローブで矢を作り出す。

的は巨大な獣でもなければ、魔獣や魔物という異質な力や強靭な肉体を持つものでもない。ただの木製の的。

一つの的に三回当てるだけでばいい。それなら散弾のように一度に複数の矢を放ってしまえば、全ての的を一気に処理できる。

量より質の比重。イメージするのは雨。大粒ではなく、霧雨《きりさめ》を思わせる細かい小さな雨粒。

(だけど、これだけじゃ当たっても壊せない。少し跡を残しておかないと)

シンは魔力を鋭く長く紡ぐ。くるくると紙縒《こよ》りのように。針のように細く、しかし密集したもの。

シンの手元に、薄氷の色をした華奢な矢が出現する。

弦が引き絞られて弓が軋む音はしないけれど、手の内側からの感触がシンの狩人としての経験と合わさって、矢の鋭さや強さを教えてくれる。

(できれば、一発で半分以上は潰したい。シフルトの奴も一発大勝負で消し飛ばすつもりだ)

シフルトは強化バフ系を掛けすぎて、自分の魔力を上手く収拾できないのか、戸惑っている様子。

操作しきれなかった魔力が、時折不自然な風を作っている。

恐らくシフルトが一発目を撃つ間にシンは三発撃てる。

射的の精密度を度外視すれば、五発といったところか。

シンが矢を放とうとしたその瞬間。

「ぶあああくょおおおいっ！」

「ひっ⁉」

オッサンすらも霞む、凄まじいくしゃみが隣で炸裂した。

そのせいで、シンは魔力操作を誤った。集中し、神経を尖らせていたところに、盛大に横やりを入れられた形である。

シンも少なからず決闘に緊張していたのだ。

慎重に配分して取っておいた魔力が、隣からの爆音くしゃみのせいで溢れ出た。

一度目はちゃんと放つことができたが、二、三度目用の魔力までが一緒に飛んだ。

一度目の矢に、魔力が過剰ブーストされる形になる。

華奢な針のような魔力の矢が、一瞬にして槍になり、小さな的をめった刺し。的は原形をなくして木っ端になった。

絶対に当てようと思っていたせいなのか、魔力の矢は落ちた的らしきものを追尾して、その周囲にも氷柱が突き刺さっている。

ハリネズミやヤマアラシすら生易しい、刺々しく寒々しいオブジェが至る所に出来上がった。

それを呆然と見ていたシン。だが、ハッとして、急いで周囲を見回す。

幸い、暴発といっても、狙っていた矢が少し——いや、かなり巨大化して威力が強くなっただけで、観客席に飛んだ様子はない。

物や人への被害がないかと警戒していたが、問題はないようである。的の周囲は危険だから、審判は離れて見通しが良い位置にいたので、舞い上がった埃を食らっただけである。

シンが設定した〝的を狙う〟という目的は忠実に達成されており、異様なほど的を破壊してはいたが、それ以外には問題はなさそうだ。

ほっと一安心する。

「勝者、シン！」

高らかに審判の声が響く。

その頃には、もうもうと立ち込めていた砂埃も消えていた。

破壊しつくされたシン側の的、穴ぼこだらけの地面、そそり立つ氷柱が露になっている。

シフルトが火薬を入れた可能性を考慮して、シンは火や雷といった発火の恐れのある魔法は使用しなかった。細く小さくしても、加工次第ではしなやかで強度を持たせやすく、発火しない水・氷系の魔法にしたのだ。

バラバラのシンの的に対し、シフルトの的は全て残っていた。

土埃たっぷりの風で汚れてはいたものの、一つもかけていない。

シフルトは火炎系の魔法を使おうとしていた——仕込みの火薬もあるが、火は一番効率が良い属性でもある。

まばらだった観客席の歓声が、一気に轟《とどろ》いた。

点々とある氷柱が、シンの魔弓の威力を裏打ちしていた。

会場が揺れそうな大騒ぎの中、シンはほっと胸を撫で下ろす。

（あれ？　そういえば、シフルトは？）

ふと横を見ると、シフルトはまだ魔力を練って――違う。彼は暴発寸前の魔力にヒィヒィしていた。

脂汗《あぶらあせ》と鼻水と涙で顔はぐしょぐしょである。恐怖から顔は引きつり、真っ青だった。

ガタガタと震えて、手に収まりきらず不自然な明滅を繰り返す魔力の塊を持っている。

小さく爆ぜて、ブレスレットとネックレスが落ちた。

パキンと硬質的な音を立てて、ブローチの宝石が割れる。

うねる魔力に煽《あお》られて、黒いマントが解《ほつ》れて靡《なび》いた。

シンはチベットやネパールなどの高原地帯に棲息するスナギツネのような顔になった。〝無の境地に達した渋い顔〟とも評されるような乾いた表情だ。

審判たちは騎士科の生徒たちと連携を取りながら人を誘導して、避難させている。

ヴィクトルはもちろん、観客たちも危機を察して、どんどん行動している。

「シン殿、早く逃げるでござる！」

誘導していた騎士科の一人であるカミーユが、シンの腕を取る。

シンはよろめきながら、シフルトを指さす。

「え、これどうするの？」

「た、助けて！　助けてえええ！」

股間をびちゃびちゃにしながら、シフルトが地団駄を踏んで訴える。

これが五歳以下の幼児なら許せたかもしれないが、相手は自分と同年代のウルトラ野郎である。

「魔道具だのアーティファクトだのつけすぎて自爆でござる！　自業自得！」

シンがふらついても走り出さないので、カミーユはシンを担ごうとする。

シンがカミーユの肩に俵担《たわらかつ》ぎされたのを見て、自分一人残されると気づいたシフルトの目からびゃっと涙が溢れ出す。

飛び散った魔石の破片で顔や手足を切っており、シフルトの周囲には血が飛び散っている。

それでも魔力を維持していたのは、このまま制御を放棄すれば自分が死ぬと理解していたからだろう。

「あー、もう仕方ないな」

げんなりした声と共にシンが両手を伸ばし、指先をひょっと上に向ける。

見かけはかなり派手だが、思ったより魔力は大したことはない。

これだったら、タニキ村で炎の竜巻を操作した時の方がきついくらいだ。

シンの動作に連動して、暴発寸前の魔力が、網に絡めとられたようにポンと空に打ち上げられた。

「え？」

「は？」

シフルトとカミーユの、気の抜けた声。

その後にシンの軽やかな声が響く。

「たーっまやっ！」

ここに日本人はいないので「かーぎや」とは続かなかった。

シンにとっては聞き慣れたひゅるるるという、どこか気の抜けた音と共に枝分かれした魔力は、良く晴れた空にぱぁっと花を咲かせる。

やはり夜空ほどは美しく映えないが、お祭りのように色とりどりにきらきらと空を彩る魔力を、生徒たちは足を止めて見上げる。

シンはちょいちょいと地上から上空の魔力を操作して、大きな残滓《ざんし》が降り注がないように修正する。

先ほどまで恐怖の青い悲鳴だったのが、打って変わって明るい歓声が聞こえてきた。花火はこちらでは珍しいのかもしれない。

シフルトの魔力暴走は、ジャラジャラと付けまくったバフ装備が原因だ。それが絡み合って暴れ回っていた。

シフルトと装備の魔力の導線をシンの魔力でカットし、くるっとまとめて包んで、爆発する前に打ち上げただけだ。

シフルトは確かに同年代と比べれば魔力は多いかもしれない。しかしそれは、レニのように研鑽《けんさん》されていないし、質が悪い。

一方、シンは異世界人であり、神々の加護を多く持っているせいか、文字通り桁が違う。

本人の保有スキルの影響もあり、成長速度が非常に速い。

バケツ一杯の水を湖に入れたところで、湖は溢れないし、バケツ一杯の水を汲んだところで、湖が干上がりはしない。シンとシフルトの魔力量の差はそれほどまでのものだった。

「あ、シフルト。お前負けたんだから、レニに付き纏うなよ。あと、温室の修理費払えよ」

ほけっとしたカミーユに担がれながら、シンはあっけに取られているシフルトをズビシと指さす。

審判の宣言で勝敗は決まったのだから、そこは守られるべきである。

「へ！　ん！　じ！」

シフルトに念を押すと「あ、ああ……」と頷く。

先ほどまでの鼻水やら涎だかわからない体液で、シフルトの顔は若干カピカピになっている。

せっかくめかし込んだ格好はボロボロだし、体中細かい傷だらけだ。

だが、プレッシャーから解放されて、大分血色は良くなっていた。

「シン殿、それだけでいいでござるか？」

シンのあっさりとした要求に、カミーユはやや不満げだった。

今までの言動を振り返れば、手討ちにしてもいいのではないかと、カミーユは少し思っている。

シンもこんなウルトラヤバいお坊ちゃまにこれ以上関わりたくなかった。

平民だけでなく王侯貴族が集まる学園で、自爆テロモドキをやらかしたのだ。

関わりたくない。本当に関わりたくない。

「まあな——って、いつまで担いでるつもり？　え？　僕どこに運ばれてんの？」

「そうだ！　ビャクヤの命の危機でござる！　許されよ！」

シンを抱えたまま、カミーユが走り出す。

「え？　は？　どういうこと？」

そのまましばらく、シンは唖然としていたが、どこからか響く言い争いの声に気づいた。走るカミーユは、その声がする方向へ一直線である。

だんだんと会話の内容がはっきり聞き取れるようになり、首を巡らせると、その言い争う二人が誰かわかった。

その光景をしっかり視認してしまった瞬間、シンの中に宇宙を背負う猫ちゃんが憑依《ひょうい》する。チベットスナギツネはスパーンと追い出された。

「だから、あかん言うとるやろ!?　いくらレニちゃんが魔法上手でも、あれはヤバっ！　……って、あかーん！　俺の背骨があかん！　イく！　イッちゃう、パキでもゴキでもヤバい方にご臨終してまうー！」

「私はシン君のところに行くんです！　邪魔するなら容赦しませんよ！」

レニがビャクヤに逆エビ固めを掛けていた。

ビャクヤは意外と柔軟性があるらしく、かなり反《そ》り気味の姿勢だが、必死に声を張り上げて抵抗している。

シンは「なんかこういうの名古屋城の上に載っていたなー」と遠くで思う。

カミーユは友人が非業《ひごう》の死《し》を遂《と》げたかのように、シンを担いだままビャクヤのもとへ駆け寄る。

「ビャクヤー!?」

「なんですか!?　邪魔をするなら、カミーユも躾け直しですよ!?」

レニの鋭い視線と声に、カミーユが全身の毛を逆立てんばかりに怯える。

だが、担がれながら「やぁ」と手を上げるシンを見つけると、レニはビャクヤの足を放した。解放されたと同時に、ぐったりとする。

「ご無事でしたか……良かったです」

「なんでビャクヤに締め技掛けてたの？」

「避難させようとするものだから、つい」

どうやらビャクヤは、残ろうとしていたレニを強引に避難させようとしたらしい。

適切な判断ではあるが、護衛としての任務がある彼女はこれを拒否した。それでも無理やり連れて行こうとしたため、レニの必死の抵抗の末にサブミッションだったのだろう。

どういう過程であんなに見事にキマったかは言及しないでおく。

だが、純粋な腕力勝負なら、魔法タイプのレニが騎士科のビャクヤに敵《かな》うはずがない。恐らく、思いのほかレニに激しい抵抗をされたビャクヤが、手荒な真似はできずに後手後手に回った結果だろう。

そんなこんなで、一部は無事とは言い難いが、決闘はシンの勝利で終わった。

◆

その後、腰を痛めたビャクヤをカミーユがおんぶして保健室に運んでいる間に、教師陣はいち早く訓練場に戻った。

そこで、疲れ果てて倒れているシフルトを発見した。

裂傷《れっしょう》多数、魔力暴走と過剰負荷により、神経が衰弱していたという。

幸い、すぐに見つかったため、応急処置が施され、命に別状はなさそうだった。

だが、問題は身につけていた魔道具の数々。シフルトの技量にそぐわないほど多数装着していた。

直接身につけていたもの以外にも、周囲に散らばっていた装飾品や魔石などを見れば、考えるまでもなく暴走の原因は推測できる。

シフルトは自分を強化できそうな魔道具を、手あたり次第かき集めた。挙句、家宝と言えるものまで親の目を盗んで無許可で持ち出していたらしい。

しかも、極めて私情だらけのことに使った。

学園から報告を受けて初めて、オウル伯爵は遅まきながら、事の大きさに驚く。

現役王宮魔術師である当主と前当主は、貴族の権力争いなどより、バリバリ研究者系の魔法マニアだった。

ここ数カ月、オウル伯爵はずっと仕事に駆り出され、王宮で缶詰だった。

第三王子ティルレインが受けた危険な催眠や魅了の後遺症への対処や、数十年以上ぶりに擁立《ようりつ》されたティンパインでの公式神子の環境保全。

時間も魔力もカッスカスになるまで搾り取られる日々だった。

オウル夫人から学園やヴィクトルからの緊急性のある手紙は来ていたが、手紙を読み、返事をしたためる暇があるなら床《ゆか》と仲良くしていた。ベッドに行く前に気絶するように眠り、家からの手紙に手を付ける暇がなかったのだ。

だが、学園もそういった伯爵の事情はある程度把握していた。

だからこそ待っていたが、どんな手紙を書いてもなしのつぶてが続く。

ついに痺《しび》れを切らしたグレゴリオが、学園の代表として登城までして、オウル伯爵のもとへと乗り込んだ。

そこでは、ミイラのようになった伯爵が、針に糸を通すような繊細で超絶技巧の術式を編《あ》んでいた。

そしてオウル伯爵は、息子の学園での行いを聞いて、文字通り泡を吹いて気絶した。

寝耳に水というより、死体蹴りをした気分だったと、後にグレゴリオは語る。

息子のシフルトと違い、オウル家当主はまともだったと喜ぶべきところだが、そのまま根の国に逝ってしまいそうな顔色を見ていれば、罪悪感が残るというものであった。

◆

決闘から数日後、シフルトの退学処分が決定した。

理由はいくつもある。

最も大きく問題視されたのは、多くの不正。その中には法律に抵触するものが散見されたのだ。

決闘に用意していた道具の数々に、細工や仕掛けの痕跡が残っていた。シンに用意した服、弓矢、的の中には危険な火薬、魔力に反応して爆発する魔法陣。それらの中には、シンだけでなく、周囲に被害が飛び火する可能性があるほど強力な物もあった。

ヴィクトルが事前に没収し、すり替えた分も含めれば相当な数に及んだ。

学園内外で画策していたため、学園内で実物を見つけられれば没収に成功していたが、当日に運び込まれたり、家で用意されたりしたものは難しかった。

シフルトが持ち出した魔道具の中には、使用するのに資格や許可が必要なものがあった。

一介の生徒が使うには過ぎた代物であるが、オウル家は旧家の魔法使いの家。

父親の長期不在なことを利用し、盗み取ったのだ。

これだけで十分懲罰ものだが、無茶苦茶な使い方をして、かなり破損したそうだ。

道具には相性というものがあるし、扱いに繊細さが求められる道具だってある。

母親は普通の貴族出身で、魔道具うんぬんはわからない。学園から届いた手紙は家長宛だったのですぐ夫に送っており、彼女は内容を知らなかった。後日、息子の学園での言動を知って、憤死しそうだったという。

オウル夫人は、まともなノーブレス・オブリージュの精神を持っているレディだからこその憤慨だった。

オウル伯爵夫妻は普段はおっとりのんびりしているタイプだったが、あそこまでキレ散らかした姿は初めてだったと、後日ミリアが教えてくれた。

彼女はきちんとシンの後見人であるドーベルマン家に謝罪しに来たらしい。

当主はまだ絶対安静の休養状態なので、さすがに引きずってくることはできなかった。

チェスターは宰相であり、王宮勤めである。オウル伯爵の過密すぎる王宮魔術師の激務や内情はわかっていたので、シフルトのやらかしはともかく、詫びを入れに来いと叱責はできなかった。何せ、オウル伯爵がぶっ倒れたデスマーチ作業の原因の一人でもあるのだから。

オウル伯爵をはじめ、王宮魔術師たちに多大な負担をかけていたのは知っていた。

大事な神子やティンパインのためでもあったが、まさかこんなことになるとは、普通思わない。

しかし、あのマイルドなオウル夫妻から、何故あの強烈なシフルトができたのか、純粋に疑問である。

どうやらシフルトは、家の中では小生意気なところはありながらも、まともだったようだ。

一応、両親は〝尊敬すべき貴族〟だったので、二人の前ではちゃんと良識あるお坊ちゃまとして振る舞っていたのが、一層悪かった。

「シフルトが影響を受けたのはあの両親じゃないでしょうから、家庭教師や使用人かしら？　あのお二人はよい方々だけど、お忙しいのもあって、どうもそういう性質《たち》の悪いのにつけ込まれやすいのよね」

というのが、ミリアの言葉だ。

オウル家は伯爵家であり、代々王宮魔術師を輩出している名家だ。

そういう肩書や歴史という、わかりやすい箔付きの家が大好きな人間は多い。貧乏貴族や凋落《ちょうらく》した元貴族の就職先に望まれやすいらしいという。

貴族として威張れなくても、名家に属していると胸を張っているそうだ。

思い切り他人のふんどしで相撲を取っている。虎の威《いか》を借る狐である。

当主や家人は人格者でも、使用人の中身がクソというのは割とあることらしい。

「シン君も、どこぞの子倅《こせがれ》やその使用人が威張り散らしてきたら、いつでも言ってきていいぞ。廃嫡だろうが解雇だろうが、貴族の流儀で追い込んでやるからな」

事件後、チェスターはスッと首のあたりで手を動かす仕草とともに、シンにそう伝えた。

チェスターとて、ただシンを甘やかしているわけではない。シンなら相当目に余る相手でなければ言ってこないだろうと考えての発言だ。

ちなみにシンが魔法でひょいっとやった例のあれは、シンを慮《おもんぱか》ったドーベルマン夫妻から与えられていた護符が、暴発した魔力を弾き飛ばした——ということになっている。

その場にいたシフルトは正気を保っているか怪しく証言できない状態だし、カミーユは魔法や魔道具に疎《うと》いので、多少強引に〝そういうこと〟にできた。

何せシンはティンパイン公式神子様である。その彼の身を守るためと言われれば、異論は出ない。建物被害や人的被害も考えれば、感謝はされても、責められる筋合《すじあ》いはなかった。

一方、シフルトにとっては、不正を暴かれて白日のもとに晒されたこと、そこまでしてやった決闘に大敗したこと、この二つが特にショックが大きかった。

自分が望む忖度が一切なされなかったのも、こたえたようだ。

自分が〝特別〟ではなく、平民に罠を仕掛け、その不作法を当たり前に裁かれた。当たり前のことのはずだが、受け入れがたかった。

しかし、シフルトに降りかかった災難はそれだけではない。

魔道具の中には曰く付きの品や、ジャンク品があった。それも暴発の原因だった。

あの魔力の暴発が原因で、シフルトの手は焼け爛れた。それだけではなく、命こそ助かったものの、暴発によって、魔力を通す体内の神経や回路がいくつも焼き切れた。

それは時間が経てば治る火傷と違い、シフルトから一生魔法を奪う。

過剰な魔力の流入で血管が黒く浮き上がり、肌にひびが入り、毛髪をはじめ様々な体毛が抜け落ちているそうだ。

今のシフルトは、とても十代の少年とは思えない、魔物のような姿に成り果てていると聞く。

ひび割れた肌は寝台のシーツが触れるだけで痛む。それを保護するために包帯を巻いても意味がないという。横になる時に、自分の重さを支えるだけで皮膚《ひふ》が裂けて、悲鳴を上げているそうだ。

痩せた後でそうなのだから、以前の体重のままだと、更に悲惨《ひさん》だっただろう。

取り調べどころの話ではなく、激痛にのた打ち回るシフルトは、ほとんど寝たきりの生活をしていた。

その変わり果てた姿に、名前を呼んではいけないあの人や、某宇宙人的なものを想像したシンである。

オウル伯爵は、そういう反動のある魔道具だとわかっていたから、血族以外は出せぬように、厳重に保管していた。

だが、嫡男であるシフルトには、当主の自分に何かあった際は、王宮魔術師団に封印させるようにと、緊急用の鍵の開け方を伝授していた。

オウル家が凋落したとしても悪用されないようにという意図だったのに、この結果である。

しかも、一部の貴族の出身（生まれだけで継嗣ではない）の使用人たちも、オウル夫妻の目を欺《あざむ》くために手を貸していたという。立派な背信行為だ。

彼らはもちろん解雇され、罪が重ければ裁判に掛けられる予定だ。

オウル伯爵夫人は宮廷での仕事で多忙を極める夫に代わって、ある程度権限を委任されていた。

当主が不在がちの家のために奮闘していたところで、この使用人たちの酷い仕打ちである。

親戚だから、友人知人のご子息・ご令嬢だからと頼み込まれ、割高でも雇っていたが、こうなってはどうしようもないと、怠慢《たいまん》な使用人たちを一気に切ったらしい。

この一件で、当主は伯爵位を返上して、王宮魔術師の座を辞する考えすらあったという。

だが、シフルトと違ってオウル伯爵は非常に性格が丸く、権力や選民主義に執着してはいない。

精密な魔力操作と、一見ひょろくても五日の徹夜にも耐えうる精神が王宮でも高く評価されていたので、待ったがかかった。

現在、ティンパインとしては、色々な方向から神子様を狙われているので、デキる人材をみすみす放流したくなかった。休むな、働け。そういう考えだった。

そんな事情とは露知《つゆし》らず、オウル伯爵はこの恩赦《おんしゃ》に深く感動した。

そして彼は、シンが魔法に興味があると知ると、危険性が高く、違法性のあるものや禁呪の類以外ならと、シンに魔導書を譲ってくれた。

そして、今までの被害への迷惑料として金子《きんす》を包んで、温室も直してくれた。

オウル家を自分の代で畳むか、分家筋《ぶんけすじ》から養子をとるかはまだ考え中らしい。

シンが矛《ほこ》を収めたことにより、ヴィクトルもこれ以上言及するのを控えた。周りの貴族もそれに倣う。

一方で、継嗣である息子や娘に、オウル伯爵と同じように代々伝わる家宝について教えていた親たちは青ざめた。

比較的多くの貴族が、大なり小なりこの手のアイテムを持っている。

今回の暴発はシンが、とっさにシフルトの魔力を上に打ち上げたからこそ被害がなかった。しかし、あのまま爆発していれば、訓練場どころか校舎まで吹き飛んでいた恐れがあったそうだ。

ちなみに、真っ昼間に打ち上がった花火は、校外には祭典の練習だと伝わっているため、騒ぎにはなっていない。

王都の人々の中では見そびれたと項垂れている人がいるくらいだという。

魔力花火は好評だったので、王宮魔術師の手で、危険性が少なくコスパ良く再現できないかと検討されているらしい。

エピローグ

学園からシフルトがいなくなって平和になり、レニは清々しそうに毎日を過ごしている。

シンも付き纏われなくなったので、サッパリした。

カミーユは最近、ますますレニに頭が上がらないらしく、立派なパシリと化している。

ビャクヤは相変わらず、毒舌の中に時折意味深さを醸しながらも、なんだかんだで仲良くやっている。

シフルトが退学したばかりの頃、しばらく学園はざわついたが、今ではすっかりそんな空気は消えている。

この学園の生徒たちは勉学や部活、スキルアップ、人脈広げと、何かと忙しいのだ。

いつの間にか、普段通りの学園に戻っていた。

シンは学園の中庭にあるベンチでぼんやりとしているビャクヤを見つけた。

特に何をするわけでもなく、空を見上げている。シンも釣られて空を見るが、小鳥がピチチと囀《さえず》りながら飛んでいるだけだった。

（平和だー）

実に好ましい、麗しき日常である。

「ビャクヤ、ギャンブルはどうだった？」

「不正の見本市すぎて賭けにならんかったんよ。結局、賭け金はそのまんま返金や」

「あー、そんな予感はしてた。ドンマイ、元締め大変そうだったのにな」

ゆらりと尻尾を揺らすビャクヤは、口元をそっと隠しながら静かにくふくふと口の中に含むように笑う。

「博打の方はええんよ、本来の目的は達成したから、問題あらへん」

シンはふと、とあることを思い出す。

「ふぅん。ところで、大豆の話なんだけど」

「お揚げにできそうなん⁉」

喜色満面で振り向くビャクヤに、シンは気まずそうに後頭部を掻きながら、歯切れも悪く答える。

「大豆というより、枝豆を一部収穫したんだけど……」

露骨にがっかりして、尻尾をしょげさせたビャクヤ。そんな感情に釣られて、もふもふの尻尾が萎《しお》れた。

枝豆がもっと熟さないと、大豆にはならないのだ。

「なんや、もうちょい先か」

「なんか元気が良すぎて、木みたいにでかいし、枝豆なのに房は僕の腕より太いし、拳大の豆だし、収穫しようとすると発砲してくるんだよね。豆を」

「どーいうことなん？　え？　お豆さんの背の高さ、昨日まで膝丈《ひざたけ》やなかった？」

ビャクヤの顔が数式を目の前にしたカミーユと同じものになっている。

シンには微塵も理解できないし、歩み寄れない何かに足踏みしている。

今日、温室で枝豆のはずの植物を目にした時に、「目がバグった」と、すぐに思ったほどである。

「あれかな、昨日の水に白マンドレイクのポーションを入れたのがまずかったのかな」

「絶対それのオモシロ成分のせいやろー！　なに変な植物つくっとんの⁉」

「共食いは趣味じゃないらしく、アイツら白マンドレイク入りの植物栄養剤は盗み飲みしないんだよ」

「そりゃしゃーないわ」

あの面白大根どもはノーマルポーションに対する執着がすごい。菓子に集《たか》るアリの如き執念で見つけ出し、飲み干そうとする。

だが、白マンドレイクポーションに対しては、刺激物の臭いでも嗅いだように、蓋を開けた時点で諦めるのだ。本能レベルで高いモラルである。

他愛のないことを話し、笑い合い、時に切磋琢磨《せっさたくま》と勉強して時間がすぎていく。

シンの望んだ学生生活がここにあった。

あと少しで前期が終わる。

目まぐるしくも濃い日々だった。

じきに夏休みが来て、タニキ村に帰る時がやってくるのだ。

待望のコミカライズ！
1～10巻発売中！

魔王討伐を果たした魔法剣士カイル。自身も深手を負い、意識を失う寸前だったが、祭壇に祀られた真紅の宝石を手にとった瞬間、光に包まれる。やがて目覚めると、そこは一年前に滅んだはずの故郷だった。

各定価：1320円（10％税込）
illustration：布施龍太
1～10巻好評発売中!

漫画：三浦純
各定価：748円（10％税込）

アルファポリスHPにて大好評連載中!

アルファポリス 漫画　検索

【味覚創造】は万能です
秋ぶどう
2
慣れ親しんだ地球グルメが異世界人の胃袋をがっちりわしづかみ!

sarawareta tensei ouji ha
shitamachi de slow life wo
mankitsuchu!?
攫われた転生王子は
下町でスローライフを
満喫中!?
伽羅
kyara
アルファポリス
第2回
次世代ファンタジーカップ
スローライフ賞
受賞作!!
発明好きな少年の正体は——
王宮から消えた第一王子?
前世の知識で大改革しながら
のびのび下町ライフ!

攫われた転生王子は
下町でスローライフを
満喫中!?
伽羅
発明好きな少年の正体は——
王宮から消えた第一王子?
前世の知識で大改革しながら
のびのび下町ライフ!
アルファポリス 第2回 次世代ファンタジーカップ「スローライフ賞」受賞作!

実は超万能(?)な
元荷物持ちの、成り上がりファンタジー！

王国中にその名を轟かせるSランクパーティ『銀狼の牙』。そこで荷物持ちをしていたクロードは、器用貧乏で役立たずなジョブ「万能者」であることを理由に追放されてしまう。絶望のどん底に落ちたクロードだが、ひょんなことがきっかけで「万能者」が進化。強大な力を獲得し、冒険者としてやり直そう……と思っていたら、仲間にした狼が五つ子を生んだり、レベルアップを告げる声が意思を得たり……冒険の旅路ははちゃめちゃなことばかり!?　それでも、クロードは仲間達と楽しく自由に成り上がっていく！

●定価：1320円（10％税込）　●ISBN：978-4-434-31160-4　●Illustration：山椒魚

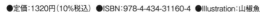

異世界で水の大精霊やってます。
湖に転移した俺の働かない辺境開拓
ISEKAI DE MIZU NO DAI SEIREI YATTE MASU
著 穂高稲穂
HODAKA INAHO
アルファポリス
第2回次世代
ファンタジーカップ
『ユニークキャラクター賞』
受賞作!!!!
居眠りしている間に人間卒業!?
全能の大精霊
になってしまいました
居眠りから目が覚めると、別の世界に転移していた高校生の冴島凪。辺りは見知らぬ湖——というより、彼は湖そのものになっていた!? 流れ込む知識を頼りに、自分が湖の大精霊に転生したことを理解したナギは、怪我や病で苦しむ者たちを治していく。そんなある日、ナギは願いの声に導かれて、ある少年のもとに召喚される。奴隷となっていた少年たちを救い出すと、その後も彼を慕ってどんどん仲間が増えていき……湖畔開拓ファンタジー、開幕!
●定価:1320円(10%税込) ●ISBN 978-4-434-31159-8 ●illustration:つなかわ
「崇められたからには神癒の力で救わないとね。」

アルファポリス第2回次世代ファンタジーカップ「ユニークキャラクター賞」受賞作!

この作品に対する皆様のご意見・ご感想をお待ちしております。

おハガキ・お手紙は以下の宛先にお送りください。

【宛先】

〒150-6008 東京都渋谷区恵比寿4-20-3 恵比寿ｶﾞｰﾃﾞﾝﾌﾟﾚｲｽﾀﾜｰ 8F
（株）アルファポリス　書籍感想係

メールフォームでのご意見・ご感想は右のＱＲコードから、
あるいは以下のワードで検索をかけてください。

アルファポリス　書籍の感想　検索

ご感想はこちらから

本書はWebサイト「アルファポリス」（https://www.alphapolis.co.jp/）に投稿されたものを、改題、改稿、加筆のうえ、書籍化したものです。

余《あま》りモノ異世界人《いせかいじん》の自由生活《じゆうせいかつ》～勇者《ゆうしゃ》じゃないので勝手《かって》にやらせてもらいます～5

藤森フクロウ（ふじもりふくろう）

2023年1月31日初版発行

編集－仙波邦彦・宮坂剛
編集長－太田鉄平
発行者－梶本雄介
発行所－株式会社アルファポリス
〒150-6008 東京都渋谷区恵比寿4-20-3 恵比寿ｶﾞｰﾃﾞﾝﾌﾟﾚｲｽﾀﾜｰ8F
TEL 03-6277-1601（営業） 03-6277-1602（編集）
URL https://www.alphapolis.co.jp/
発売元－株式会社星雲社（共同出版社・流通責任出版社）
〒112-0005東京都文京区水道1-3-30
TEL 03-3868-3275
装丁・本文イラスト－万冬しま
装丁デザイン－AFTERGLOW
印刷－中央精版印刷株式会社

価格はカバーに表示されてあります。

落丁乱丁の場合はアルファポリスまでご連絡ください。

送料は小社負担でお取り替えします。


ISBN978-4-434-31507-7 C0093